U0684561

冲情云上

石孝军◎著

九州出版社
JIUZHOUPRESS

图书在版编目（CIP）数据

冲情云上／石孝军著．--北京：九州出版社，
2023.1
ISBN 978-7-5225-1514-4

Ⅰ.①冲… Ⅱ.①石… Ⅲ.①诗词—作品集—中国—
当代②歌词集—中国—当代 Ⅳ.①I227

中国国家版本馆 CIP 数据核字（2023）第 032046 号

冲情云上

作　者	石孝军　著
责任编辑	沧　桑
出版发行	九州出版社
地　址	北京市西城区阜外大街甲 35 号（100037）
发行电话	（010）68992190/3/5/6
网　址	www.jiuzhoupress.com
印　刷	唐山才智印刷有限公司
开　本	710 毫米×1000 毫米　16 开
印　张	13.5
字　数	136 千字
版　次	2023 年 1 月第 1 版
印　次	2023 年 1 月第 1 次印刷
书　号	ISBN 978-7-5225-1514-4
定　价	85.00 元

★版权所有　侵权必究★

序　言

孝军把他的新作《冲情云上》发给我，我很感动，也很高兴。

我与孝军相识于 2020 年末的一个聚会上，虽是偶然，却一见如故。会上，当他人介绍我时，只见他很热情地坐到我身边，滔滔不绝地诉说着对诗的酷爱与心得。原来，他同我一样，都有过从军的经历，退休前在政府人社部门担任要职，现在仍在中国社会保险学会兼职，但主要精力都放在诗词上了。他说，今后我要站着做人，跪着学诗。他的爽快与坦诚，令我这个老兵为之感动，心生欢喜。

初看其作品，觉得他是一个有情怀，并且充满了正气的人，只是在诗词格律上稍有欠缺。但他很勤奋，领悟力高，稍加点拨，即能很快入道。如他写的《七律·幸会大师》《七律（新韵）·拜访周笃文老师》：

七律·幸会大师

弱龄学艺误当时，花甲攻书始拜师。

血性事戎忙起早，清流从政只忧迟。

文章满纸非骚客，韶岁虚空少曲词。

今有明灯陪长夜，春风唤雨润枯枝。

七律（新韵）·拜访周笃文老师

漫步书林无所欲，初潜诗海远舟楫。

盲人瞎马摸黑久，画虎成猫厌倦极。

陪座如承春日暖，聆听排解腹中饥。

人生甲子方学艺，胜过飞鸿踏雪泥。

这两首七言律诗格律工整，作者纯真的心态一览无余。纯真是诗人难得的品格。我为此也写了两首，《读孝军诗有感》：

（一）

萍水相逢感胜缘，凉风细雨奈何天。

要当把盏云山畔，畅话诗书喜笑连。

（二）

捧卷深惭老眊荒，百年世事感沧桑。

何期幸遇梁园士，顿觉潜鳞跃大江。

自此，孝军如饥似渴地攻诗，充满了创作激情。他说："得到笃老鼓励，胆子也大了起来，遂一发不可收拾。"

我对他说，诗词创作要反映生活。生活是一切文学艺术的源泉。没有生活情貌的作品，都是苍白无力的；诗词创作要抒发情感，运用诗歌的形式表达自己的思想情怀和人生感悟，以及对社会现象的观察理解，要追求高度与深度；诗词创作要不拘一格，但对格律诗词应心怀敬畏。

前不久，我到贵阳郊外小憩，他驱车赶来看我，相谈甚欢。他因最近好几位关系亲近的同事与朋友相继离世，又值疫情未消，而感慨生命的无常，增添了做事的紧迫感。他拟计划今年出版新近创作诗集《冲情云上》，希望我能为诗集作序。他说，诗集虽不成熟，但集中了他一年多时间创作的格律诗词、新诗及歌词等。用他的话来说，是交给我的"一份作业"。我打开诗集一看，孝军的勤奋令人感动。一年之内，跑遍全国，每到一地都有诗作或散文记录其见闻。读之，深感几千年的诗词文化与中国的山水人文无时不在滋养着国人的精神。孝军在职时做了许多有益于民生的功德，成绩斐然，令人感佩。中国是一个诗词的国度，一个有诗人情怀的官员必然亲民爱民，事业有成。一位有从军、从政经历的诗人，能够拿出当年攻坚克难的工作劲头来学诗，也必定能够取得不俗的成绩。

孝军这一年多的诗词创作，不仅格调高远、情彩飞扬，还充满了家国情怀。我认为，缺少家国大爱，无法发现人生的价值。诗人同时应当是一个思想者，他应具有忧患意识与悲悯情怀。只有在德行的陶冶与支撑下，作品才能绽放道义的光辉。我觉得孝军的创作可谓风采过人，优入高境。

我希望孝军在今后创作中节奏可放缓一点，打磨的功夫再多一点，尽量做到既要"入情"，又须"尽象"。以升华其幽情壮彩，创造出更多个性化的华彰佳品，在自己认准的道路上高歌猛进。

汨罗周笃文时年八十有八

2022 年春于云山别业

周笃文简介

周笃文，中国新闻学院教授，中外文化研究所所长，中国韵文学会、中华诗词学会创始人之一，享受国务院特殊津贴专家。从事古典文学及文献学教学与研究五十年，早年曾师从词学名家夏承焘、张伯驹诸先生，于宋词研究、敦煌文献及医学古籍、文字生训诂之学有专门研究。

诗心如炬，诗作如流

——简评石孝军诗词创作

我有幸与石孝军先生结识，完全是出于音乐与文学的缘分。在与他谋面之前，我在朋友圈发现他游内蒙古大草原之后写的歌词《草原之恋》，觉得颇有画面感和音韵感，激动之下，一气呵成男女声二重唱《草原之恋》，由专业歌手王铎和张黎演唱。后来这首歌又经莫云军精心制作，在国内多家网络平台上线。紧接着我又请他专题创作《若有战，召必回》歌词，很快他就如约赐稿。《若有战，召必回》歌词果真有思想深度，有感情奔涌，有意象铺排，有音韵回响，有灵气萦绕——艺术含量如此厚重的歌词，让我作起曲来顺风顺水，酣畅淋漓。后来在贵州省宽带电视 G+TV 中老年才艺大赛中，与他第二次合作的这首合唱《若有战，召必回》勇冠三军，荣获金奖第一名。

孝军先生值得我谱曲的优秀歌词太多，但我力不从心，只能简单谈谈他诗词创作的特色。

首先我想说说他对诗词创作的热爱。石孝军先生对诗词创作的热爱由来已久。无论是 16 年驰骋疆场的军旅生活，还是 30 年冗繁复杂的机关工作，他对诗词创作始终保持浓厚的兴趣。他努力钻研，长期积累，退休以后，无官无责，耳根清净，时间宽裕，精力充沛，阅历丰富，经验成熟，诗词创作的高峰期随之而来，一发而不可收。短短几年，孝军先生就发表近 400 首诗词，去年由九州出版社结集出版的《壮思风飞》，堪称孝军先生文艺思想的结晶和诗词创作的代表作。

有志者，事竟成。首先是孝军先生对诗词创作的热爱源于骨子，发自心灵。兴趣催生动力，意志点燃激情，生活积累经验，智慧迸发灵感。当下孝军先生在诗词园地的辛苦耕耘业已硕果累累，敬佩之余，我禁不住为他的成功大声叫好！

其次我要说说他对社会生活的表达。"接受美学"有个著名的命题：生活中不是没有美，而是缺少发现美的眼睛。

对于生活，孝军先生独具慧眼。诗的道路延伸在他脚下，诗的激情燃烧在他心中，诗的理想放飞在他手上，生命的意义呼唤他走向诗的远方——你看他去一趟医院，可以整出《七绝.病榻索句（输液、扎针、贴膏、服药）》四首；你看他观一场冬奥会，可以整出《七绝.北京冬奥会赛场剪影》九首；你看他迎一个虎年，可以整出《辛丑杂诗》九首；你看他得一道命题，可以整出《谁是谁的艳遇》；你看他听一则新闻，可以整出《七律.观俄乌之战》；你看他游一次乡村，可以整出《随省诗歌学会文化下乡》……凡此种种，不一而足。可谓左右逢源，信手拈来；游刃有余，出口成章。

我不禁要问：难道是上苍故意赐予他如此频繁的机遇？抑或是雅典娜女神专门赋予他如此奔涌的诗才？不，都不是。是他本人对现实生活有真切的体验，有深刻的领悟，加上他驾驭语言文字的深厚功力和对诗词创作规律的灵巧把握，否则难以如此敏捷而正确地用诗词描绘现实生活，抒发诗人情怀，讴歌时代主旋律，传递社会正能量。

没有火炬一般燃烧的诗心，岂有清泉一般流淌的诗作？

再就是他对诗词艺术的追求。孝军先生对诗词创作有自己的美学理念。用他自己的话说，就是：

记录生活——生活是一切文学艺术的源泉；没有生活迹象的作品，都是苍白无力的文字游戏。

抒发情感——运用诗歌的形式表达自己的思想情怀和人生感悟，以及对社会现象的观察理解。

不拘一格——对格律诗词充满敬畏，志在跋涉；其他形式顺其自然，不为难自己，绝不在格律套路中作茧自缚。

快乐创作——在写作中获得身心愉悦，在沉思中感受岁月静好；既不为稻粱谋，也不为名利累，随心所欲，自得其乐。

扬长避短——鄙视村绅乡愿，讨厌拾人牙慧，矫情做作。

虽然孝军先生的思想境界、政治觉悟、为人处事和诗词创作，都是我学习的榜样，但并不是说他的诗词作品就十全十美了。比如从作曲角度看，他的个别歌词就过于注重高雅而忽视了歌者的表达和听众的接受，不太适合演唱。好在他为人低调，儒雅敦厚，谦逊沉稳，凡是我根据作曲的特点要求修改的词句，他都能认真听取，酌情处理。

万丈高楼平地起，歌词是歌曲的根基，音乐是歌曲的翅膀。歌词一旦与音乐牵手，就不是让人看的，而是让人用嘴巴唱，让人用耳朵听的。诉诸于视觉的文本人们一般都能够理解，诉诸于听觉的歌曲就应该尽量让歌者好唱，听众能听。这方面不妨多琢磨一下闫肃、乔羽、王晓岭、庄奴、宋青松等歌词大师的作品，他们的歌词在作曲家的乐音语境里，或如大江东去，或如小桥流水，首首佳作，篇篇精品，共与长天一色，堪与日月同辉。期待孝军先生百尺竿头，更进一步！

徐强

2022 年 3 月 8 日

徐强简介

徐强，贵州师范大学文学院教授，中国音乐家协会会员，贵州省音乐家协会会员，中国教育学会音乐教育专业委员会会员，贵州省文艺理论研究会会员，贵州省歌词原创中心会员，贵州卫视《退休好生活》栏目艺术总监，贵阳心音歌舞团团长兼音乐指挥。

《冲情云上》正当时

清晨，手机响了，是孝军打来的。他说，没打扰你的美梦吧？我一看快九点了，急忙说：没有，没有。其实我真的睡得很香，春眠不觉晓嘛！孝军说，他的诗集《冲情云上》要出版了，想请我给他写个评论。这是去年他用一年的时间写成的，依然由九州出版社给他出版，这是他的第二本诗集。他语气中肯，我不好拒绝，但很忐忑，不敢冒昧答应，只好说发来看看吧。他意识到我的停顿，急忙说："不急，只要出版社编辑不催，时间不限定。"时间不限定就好，我最怕给我规定时间，因为点评作品首先要把作品看完，熟读，看透，才有发言权，要把好话说到位，还要把不足指出来。诗不像看照片，也不像看小说那么容易。

《冲情云上》分四个部分，第一部分是"妙在无言不在诗"，是律诗与绝句，221首；第二部分是"对酒朗吟渔父词"，是词类，64首；第三部分是"数声风笛离亭晚"，是歌词及散文选29首（篇）；第四部分是"雨暖云香日正迟"，是作诗感悟及与周笃文等先生唱和片段。我吃惊孝军能在一年时间内写了这么多作品，且在很短时间将其付梓。这是难能可贵的。

孝军是一名军人，在部队时军衔荣至中校，转业后到了贵州，起初在编办，后到人事厅，最后又到了省劳动保障厅任社保局局长，退休是从贵州省人社厅正厅位子退下来的。他是乙未年生人，属羊，小我两岁，见面总称我老哥，无拘无束，因此很亲切，也谈得来。

孝军很重情义。记得有两次吃饭，是他请客。时间到了，菜也上来了，酒也倒上了，还有一个人没有到，他便亲自下楼去接，而那人既不是高官，也非异性。我很能理解他对每一位嘉宾的尊重。

贵州省演讲协会的会长蔡顺华是他的老乡，湖北襄阳人，但是过去并没有交往，赠送了本书《小狗也要大声叫》给他，他还为此写了一首诗回敬：

小狗也要大声叫，巨匠功从细处磨。

表达自如引纵横，沟通得意善捭阖。

才辩无双辨须工，知行合一行必果。

出口成章师蔡工，满腹经纶任评说。

一年后，蔡顺华因病去世，享年59岁，惊闻噩耗，他心里非常难过，这么有才的一位老乡，在黔山秀水间增光添彩的人，初病时还曾劝他注意调养，怎么说走就走了呢？怎么就魂消客地了呢？于是他又提笔写了一首七律悼之：

犹恨苍天妒楚才，魂销异地遣悲哀。

初闻微恙祈调养，久盼宏文出妙裁。

三尺讲坛迎刃立，四方桃李向阳开。

黔山贵水曾添彩，云梦荆襄不再来。

今年 2 月原昆明军区文化部干事、全国模范军队转业干部、云南省退役军人关爱基金会副理事长蔡朝东受邀到贵州演讲《信念与责任》《理解万岁》，他听说后一定要亲自接待，且嘱我在龙门渔港订个房间。孝军与朝东过去未曾交往，而只是听过他的演讲，并获知朝东在云南大关县当县长，离任后县城人民倾城相送的事迹而为之感动和敬重。蔡朝东在中越反击战时曾上过战场，在老山时还写了一首歌词叫《老山兰》，传遍全国各地，影响很大。蔡朝东在昆明讲老山的事迹，后来讲到了山西，讲到了北京，讲到了人民大会堂，讲到了中央电视台，讲到了全国各地，还讲到了新加坡。他是中国十大演讲家之一，因此，走到哪儿都很受欢迎。这次到贵州是受贵州省演讲研究会及中国退役军人就业创业服务促进会邀请而来的。

我们在龙门渔港相聚，就 6 人，有贵州诗人赵雪峰作陪。雪峰见了朝东当场跪拜为师，直弄得朝东猝不及防，其场景也是感人泪下。次日在金阳演讲，天空飘着雪花，漫山遍野房屋建筑皆一片洁白，气温很低。一下午三个小时的演讲，吃的是盒饭，接着晚上又是三个小时。一位 71 岁的老人的演讲，让台下无数人泪流满面，我也擦干了两包纸巾。雪峰没有拜错师，孝军没有请错人。

孝军是个快手，思维敏捷，诗感词韵尤好。走到哪儿都有悟性，一年中能写三百多首，不能不说是个高产诗人。写诗除了有生活的积累、文学功底的积累外，还要有激情；只有生活积累，却没有文学功底，是写不出来的；虽有文学功底，欠缺或是淹没了激情，更是写不好的。何况孝军目前经组织批准还在社团兼职，也很忙碌。一年中能写三百多首诗，难能可贵，这是孝军对生活的热爱，对诗歌的热爱，也是他在部队及到地方后的生活和文学的修炼所致。按他的话说，现在已不为稻粱谋，不为官职累了。活得很轻松的，想写什么就写什么，想说什么就说什么，不矫揉造作，不无病呻吟，不生搬硬造，不堆砌辞藻，真真切切，有感而发。这是他写诗的态度，更是他做人的态度。

如今的孝军已进入了创作的高峰期。望孝军能抓紧这段时间，出成绩总是一段一段的，并非连续不断的，过了这一段又不知要等多少年。中国人才学创始人雷祯孝曾说过："人的创造期为三年一个周期，过了这一周期，不知又要等多少年。"希望孝军能把握好自己的最佳创造期，能写就多写点，给自己，也给社会留下点什么。

孝军写诗，还有一个特点是题材广泛，写山写水，写人写事，见什么都写，只要能触动他那根诗的神经，他的手就会痒痒的，比如：

看了电影《你好，李焕英》，他就写了一首七绝：

为母则刚娃是宝，孝心无寄恨不消。

一汪泪水和香祭，还我妈妈年华好。

看了《长津湖》就写了一首《忆秦娥·观影〈长津湖〉》：

装备劣，长津湖上披冰雪。

披冰雪。周天凛冽，强虏烟灭。

腥风血雨破围猎，驱狼逐虎坚如铁。

坚如铁，山河固色，春花秋月。

读了贵阳历史上的牛人李端棻，他就写了一首七律；

科甲乘风宦海游，狂澜既倒舍身求。

超凡慧眼真君子，拯世维新伪自由。

功败苦寒边塞外，归来力筑学堂楼。

觉醒惊电催天晓，鸿业春秋美誉留。

日本东京奥运会，他也能跟上，抓住重点，一口气写了 38 首《金牌 38 首歌》。我与他在微信里的对话是：惭愧得很，老夫只写了五首。

孝军曾在贵州的榕江挂职县委副书记，去年回去又有许多感慨，因此就写了一首水调歌头《回榕江》。其中上阕和下阕末尾两句我觉得挺好："再认大榕树，重返小丹江。"这两句把那种离开后再重新回去的心情写到位了。"人有几回搏，血性伴风霜"，又把离开后榕江的变化写出来了，感叹人生没有多少拼搏的机会，只有伴着风霜的不懈努力，才能改变命运和环境。

孝军写诗多为正能量，且积极向上，很阳光，也很注重选材，合我口味，也受到许多读者的喜爱。我有一个"大黔诗社"微信群，皆鸿儒高人，孝军每有诗发出来，都受到不少人点赞。我还有个摄影家群，常和群友们交流，我把摄影和写诗连在一起。其实写诗选材和摄影有许多相同的地方，有牡丹花你不去拍摄，你非要去拍摄一些野花小草，当然野花小草不是不可以拍，但总不会像牡丹花那么引人注目。写人也是一样，你不关注时代，关心对社会、对人类做出卓越成就的、有贡献的人物，而去关心一些小人物，自然不会引起重视。你是大厨，你有很好的烹饪技术，也要选好的食材，才能把你烹饪的菜肴摆到宴会桌面上，才能和地摊小菜区分开来。

孝军这本《冲情云上》有许多好的作品，诸如七律的《荆州战友会》《走武汉》《飞喀什》《贵州交通赞》《套马》《自度曲》；五律的《边防线》《重阳和诸战友》；五绝《学诗断想》；七绝《春天的步履》，等等。词有《定风波·缅怀》《忆秦娥·脱贫表彰》《渔家傲·祝捷》《鹧鸪天·谒张居正故居》及《沙县俞邦村》《阮郎归·伤春》《清平乐·月亮山稻熟》《沁园春·乌江全线通航》；新诗、歌词有《元帅像前》《路口》《秋天为什么如此美丽》；散文有《云淡风轻天知道》《南头湾》，都是不错的传世之作。孝军的歌词《元帅像前》，由崔永忠谱曲，申倩莲演唱，在全国各大网络音乐平台上线，荆州媒体推荐，中宣部学习强国平台发布。这首歌已被广为传唱，令人振奋。

"冲情云上"书名取自王阳明在贵州龙场手书"壮思风飞，冲情云上；和光春霭，爽气秋高"名联。孝军觉前两句皆好，于是便都用上了。

前集《壮思风飞》三百余首，本集《冲情云上》又是三百余首，可谓丰硕！可谓壮观！可谓收获！前集后记中有孝军言：一集既成，过往定格。那么此集再次定格，但不是句号，我以为打个分号为好。唐代韦应物有"我有一瓢酒，可以慰风尘"之句，孝军前半生从戎，后半生到地方，为祖国的平安、百姓的福祉、地方的建设都有贡献。

放下枪，拿起笔，老了还激情洋溢，灵感四射，诗词歌赋的，如是这般，足以慰藉人生了。

雷智贵

2022 年 4 月 30 日于贵阳花果园

雷智贵简介

雷智贵，作家，诗人，摄影家，酒文化、茶文化专家，中国散文学会会员，贵州省作家协会会员，贵州省社科联委员，贵州省中国现当代文学学会副会长，贵州省散文学会副会长，贵州省总工会职工文协评论家协会主席，出版著作 30 余部。

●●●●●● 目录

妙在无言不在诗

七律（新韵）·荆州战友会

荆楚轻寒雨似冬，袍泽相聚伴枫红，

一片欢趣传廊外，几度春秋入梦中。

军旅栖翔知命鸟，光阴浇铸忘年松，

同经生死再回味，热血如初比酒浓。

2020 年 10 月 4 日，作于荆州

七律（新韵）·回闸口镇

梦里江南忆华年，随波渐远隐孤帆。

旧踪斑密灰霾重，新貌支离背影单。

玩伴凋零低语问，高朋聚会仰息观。

乡音醇美最迷我，走过红尘永保鲜。

2020 年 10 月 6 日，作于湖北公安

七律（新韵）·走武汉

满目生机疫讯除，人间烟火伴乡俗。

大江舟发樯帆劲，小巷燕来桂影浮。

湖畔骑行拂纤柳，沙滩伫立观宏图。

历劫战友频相庆，无限青春在玉壶。

2020 年 10 月 12 日，作于可武汉珞珈山庄

七律·武昌江滩夜景

楼上飞虹色泽缤，新潮流幻紫光粼。

疫灾往事频频现，防控图形幅幅陈。

小巷风情无犬马，大江壮景有舟轮。

一场陶醉身虽客，四面波涛浪里人。

2020 年 10 月 12 日，作于武汉珞珈山庄

七律·珞珈山漫步

东湖秋水映长天，珞岭通幽隐鼓阗。

斋舍巍巍樱树道，牌坊隐隐桂丛边。

浓情重谊陈佳事，淡写轻描着美篇。

沐泽承恩桃李幸，抚今忆昔赞前贤。

2020 年 10 月 13 日，作于珞珈

七律（新韵）·过长沙

秋雨潇潇走碧湘，行程苦短品匆忙。

瓷都实址铜官镇，花苑空灵铁匠房。

汤沸擂茶醇后酽，油滋豆腐臭含香。

弟兄相饮千杯少，笑对江天万里霜。

2020 年 10 月 15 日，作于长沙柏郡酒店

七律（新韵）·观影《金刚川》

战场天堑咽喉险，易损难修巨浪宽。

一役存亡拼一线，千番争取启千端。

凌空杀戮屠刀利，迎面狙击烈火燃。

骨肉相撑铺大道，山河无恙血斑斑。

2020 年 10 月 25 日，作于贵阳山临境

七律（新韵）·观嫦娥五号发射成功

嫦娥腾空牵魂去，蟾兔承重取壤回。

登月再陈高远志，航天又树里程碑。

云途漫漫中兴梦，烟际茫茫鼓角催。

遥控指挥皆俊秀，遨游宇宙耀星辉。

2020 年 10 月 27 日，作于贵阳南厂

七律·武当山（四首）

（一）观景

群峰簇拥竞相秀，车跃林涛胜泛舟。

秋叶渲涂花色锦，和风吹皱碧波绸。

登临还仗腰身健，观赏全凭智性游。

古韵新潮烟火处，天边宫阙空崖楼。

（二）问道

玄法凝然意在天，千年香火起云烟。

勤攒元气功劳满，苦练真身福寿全。

婀娜紫霄休问道，庄严金殿不修禅。

南岩绝壁飞投处，上接晴空下赴渊。

（三）拜师

穿越浮尘觅道穷，阴阳奇幻问霜枫。

命由我造拓宽路，福自谁求创绝功。

修性养生天地久，以柔制敌古今通。

开山祖圣思何在，隔空神追鹤发翁。

（四）会友

古道深山侠客情，驱车叙旧绕峰行。

疆场俘敌创奇绩，故里治安积美名。

佳酿迎宾长夜饮，老营设榻共生荣。

高悬武当玄门剑，匣中龙泉夜夜鸣。

2020 年 11 月 7 日，作于记于武当山老营宾馆，后修改于贵阳南厂

七律（新韵）·可可托海的牧羊人

驼铃悠荡撼戈壁，拨动琵琶塞上曲。

春信草长追雨燕，秋临叶落守霜菊。

形仪单只心思乱，蝶影双飞绮梦袭。

委婉牧歌风带远，断肠声里怨伊犁。

2020 年 11 月 19 日，作于贵阳山临境

七绝（新韵）·新疆女县长
贺骄龙策马宣介旅游

马嘶冰阪雪飞蓬，大漠皑皑一抹红。

驱动河山齐运力，扬鞭呼啸女娇龙。

2020 年 12 月 1 日

忆扶贫（格律诗词四首）

（一）七律（新韵）·赞歌

黔地偏居穷相伴，难求温饱惯贫寒。

五颜六色良田少，两语三言话意酸。【注】

苗岭瑰奇山色秀，乌江曲险水波宽。

后来居上扶贫路，血染残阳溅彩幡。

【注】两语三言：贵州过去的标签，即"夜郎自大""黔驴技穷"
"天无三日晴，地无三尺平，人无三分银"。

（二）七绝·忆帮扶

倾情扶助两相赢，上下同心步远征。

十岁攻坚齐运力，千秋不息海涛声。

（三）五绝·贵州脱贫

躬身事脱贫，欣喜满园春；

险峻高深处，峥嵘是贵人。

（四）采桑子（词林正韵）·圆梦

脱贫致富终圆梦，功业千秋。

功业千秋。壮举高歌看贵州。

伟功更在雄关后，誓不言休。

誓不言休，不获全胜兵不收！

2020 年 12 月 5 日，作于贵阳南厂

七律（新韵）·川普败选

四年欺世鬼推磨，一派荒唐渐入魔。

襟马裾牛迷栈位，狗食鼍冠恋衣钵。

冤愆必被冤愆报，恶作难逃恶作捆。

树倒猢狲容易散，江湖笑话任评说。

2020 年 12 月 15 于日，作于阳南厂

七律·匠中匠之歌

红土地头投老酿，乌江河畔养芬芳。

师承名士天然秀，技盖群雄本色香。

快意人生书润脑，峥嵘岁月酒舒肠。

莫疑饮者无知己，倚醉他乡是故乡。

2020 年 12. 16 于贵阳观山湖

七律·幸会大师

弱龄学艺误当时，花甲攻书始拜师。

血性从戎忙起早，清流习政只忧迟。

文章满纸非骚客，韶岁虚空少曲词。

今有明灯陪长夜，春风唤雨润枯枝。

2020 年 12 月 17，有幸结识现代文学大师钱理群教授和当代诗词大伽周笃文教授，一席赐教，如沐春风，幸甚至哉！

五绝八首

学诗断想

（一）四支

过去疏闲久，明天尚可期。

夜深方校嗓，学唱杜鹃悲。

（二）五微

作诗随所欲，平淡华章稀。

迷梦不知醒，醒时泪湿衣。

（三）四支

书林偷竹木，磨笔已成痴。

毛瑟三千勇，难堪一句诗。

（四）八庚

万里赴戎行，边关唤远征。
归来书散尽，肠断自无声。

（五）四支

在位无头绪，官辞有暇时。
临渊才结网，伏案寸心知。

（六）五微

文章千古事，壮气向风飞。
梦伴雄鹰走，魂萦彩凤归。

（七）十一尤

有意画高楼，难工任打油。
拘文诗兴减，沉醉不悲秋。

（八）四支

白首心休废，深山问子规。
啼声虽破败，大野爽风吹。

2020 年 12 月 20 日，作于贵阳南厂

七律（新韵）·拜访周笃文老师

漫步书林无所欲，初潜诗海远舟楫。

盲人瞎马奔波久，画虎成猫手艺低。

陪坐如承春日暖，聆听排解腹中饥。

人生甲子方学艺，胜过飞鸿踏雪泥。

2020 年 12 月 27 日，作于于贵阳南厂

七律（新韵）·贵州交通赞

三言两语难说破，一越千年早胜昨。

六纬七经高速网，四通八畅满盘活。

物流出省空间广，特产生财办法多。

苗岭飞歌传海外，乌江起舞动山河。

2020 年 12 月 29 日

七律·跨年庆

人间寒暑心头过，世态炎凉眼底清。

暮气时侵非倦鸟，花痴常犯凑行程。

千山缠绕车胜马，一片波涛楫举旌。

穿透云烟寻岁月，倒推秒数迎钟声。

2021 年 1 月 1 日 0 时，作于海口影视小镇

七律·元旦致辞

二千二十已消隐，苦难辉煌又一程。

无妄之灾如席卷，飞来横祸欲摧城。

指挥若定军民勇，上下同心社稷情。

生命至高人胜疫，吉祥春色喜相迎。

2021 年 1 月 1 日，作于海口影视小镇

七律·参观文昌航天发射场

一片葱茏万木葳，海深岳峻见纤微。

静观天象开蹊径，动察人间正蓄威。

登月问星呼啸去，嫦娥玉兔凯旋归。

浩瀚宇宙长歌行，清朗乾坤自在飞。

2020 年 1 月 5 日，作于文昌

牛年贺岁六首（平水韵）
——句句皆牛，不着牛字

（一）怨命

躬身田亩事非休，乳汁甘甜草为谋。

负重驮行蹄步疾，肉皮筋骨釜中浮。

（二）求欢

琴自无须对我弹，笛声绕背牧童欢。

刀焉用力屠鸡仔，角盛琼浆一口干。

（三）相思

耕耘只为稻粱筹，仙界恩情岂忍休。

化翅飞天遥相会，一双儿女在肩头。

（四）警世

皮厚蒙羞不用吹，气冲霄汉应怀危。

事繁牵鼻轻松解，栏里关猫恐难为。

（五）劝读

丹铅充栋志不消，弯角挑书过大桥。

勤用庖丁教孺子，学山耕垦路迢迢。

（六）期盼

丑年贺岁瑞云来，蹄稳驱前少引灾。

角号齐鸣催股市，葱茏春笋上高台。

2021 年 1 月 10 日至 12 日，作于海南龙栖湾

七律·忧河北疫情反弹

雨过琼崖草木荣，祸降燕赵鬼神惊。

全球疫势正如火，华夏灾情待肃清。

千里长堤蝼可毁，百层高塔蚁能倾。

心怀社稷同忧患，身处天涯共死生。

2021 年 1 月 14 日，作于三亚

元月小结

首月今日尽，万事重开端。

来回六千里，环岛绕一圈。

读书仅三部，作诗十几篇。

聚餐尽可免，会议两三番。

抽空去游泳，定时把剧观。

无争是非少，有朋天地宽。

鼠去消疫情，牛来争先鞭。

辛苦本是命，难得半晌欢。

2021 年 1 月 31 日

19

七绝·春天的步履（六首）

（一）

筑城冬尽起烟尘，临水依山景欠新。
楼上观云晴照远，溪边问柳叶含春。

（二）

寒云疾走朔风嚎，撕下苍龙白玉袍。
堆垅覆田融入水，春苗领受在端毫。

（三）

七九未央堪问柳，新芽藏蕊站枝头。
静窥阡陌春风起，一夜飘飏舞绿绸。

（四）

禁足陪童性自纯，红尘不及也添春。
琴棋书画光阴慢，守得云开见月轮。

（五）

独倚柴门草木香，相携梅鹤傲风霜。

浓茶浊酒有颜色，眼底花开领众芳。

（六）

头顶冰霜八面尘，巧含脂粉妙添匀。

傲娇不惧连天雪，一树红梅满眼春。

2021 年 2 月 3 日，立春之日作于贵阳观山湖

七绝·年趣拾弄（平水韵）

（一）置景

春联覆旧言新韵，福字随心喜气盈。

巧剪窗花梅相照，高悬灯笼烛光明。

（二）年饭

厨娘今日堪迎考，烹炸炖煎三更烧。

古往今来年夜饭，一家光景看今朝。

（三）守岁

春晚新晨两相交，搓麻熬夜睡兴抛。
缁铢必较输赢在，扑克清完补礼包。

（四）烟花

乡村爆竹连声响，闹市难为马脱缰。
寻得云山空谷处，银花金焰照天荒。

（五）采摘

棚室连云技胜天，花开四季果常鲜。
草莓熟透红含紫，农事撩人醉在田。

（六）观柳

俯身垂发最温柔，满面春心已挂头。
一夜长风天地暖，无垠青绿染田畴。

（七）泡汤

千年地火养汤泉，百味滋生起细涓。
云彩搓揉阳气烤，凡尘洗脱化神仙。

（八）美食

晴空气清鸥鹭起，碧江水暖鲤鱼肥。
酸汤百味回甘久，美酒三巡不思归。

（九）泛舟

风和日丽已消愁，碧照蓝天泛扁舟。
两岸青山舒画卷，一江春水向东流。

（十）苗女

婀娜多姿款款来，银光闪闪彩云开。
苗家阿妹成风景，直播闺声别估猜。

辛丑正月游走凯里，漫笔贵阳观山湖

七律·赞英雄（平水韵）
——献给加勒万河谷的勇士及所有卫国戍边的战友

国有疆陲地有窠，丹心碧血付山河。
男儿本色善驻鬼，壮士忠诚敢伏魔。
喀喇昆仑存智勇，冰川深谷定风波。
太平岁月牢魂在，换取神州一路歌。

2021 年 2 月 20 日，作于贵阳观山湖

加勒万河谷纪实四首

（一）五绝·祭英魂

脚踏千年雪，身随万古荒。

五星光闪闪，清澈照边疆。

（二）五律·边防线

边关亲冷月，大漠远风荷。

雪域驰军马，冰川走骆驼。

飞身驱强虏，执甲护嵯峨。

铁血融天水，倾流万里波。

（三）七绝·巡逻

戍边将士气如虹，四海疆陲八面风。

热血青春巡逻路，山河无恙拥怀中。

（四）七律·出手（中华新韵）

飞鸟愁通道岂孤，疆隔烽火起江湖。

波生彼岸连天涌，情系边陲动地呼。

恶犬张牙身后咬，猛龙出手靠前逐。

不挥刀剑拳头硬，怪力邪神向鬼哭。

2021 年 3 月 7 日至 9 日

观影《你好，李焕英》

为母则刚娃是宝，

孝心无寄恨不消。

一汪泪水和香祭，

还我妈妈年华好。

2021 年 2 月 16 日，作于贵阳观山湖

七律·咏风筝

形似鲲鹏气贯虹，摇头摆尾上云空。

顺风借力翩翩起，快放轻收缓缓冲。

本是油脂涂底色，岂无时势造英雄。

孤悬一线休矜持，远近高低掌握中。

2021 年 3 月 16 日，作于贵阳泉湖公园

七绝·葬花词三首（平水韵）

（一）红玉兰

含苞向上俏妆红，玉洁冰清气韵丰。

展蕾不知风信恶，一朝相拥变飘蓬。

（二）紫叶李

群芳成雾遮云彩，先领风骚展玉枝。

花瓣为何飘似雪，嫣红绛紫嫉多时。

（三）朱砂梅

笑迎风雪岂缠春，宠辱不惊自有神。

玉殒香消仍峭劲，色形灵隽颂天伦。

2021 年 3 月 20 日，作于贵阳山临境

七绝·贺贵怀同学任铜仁市市长（平水韵）

展眉目送千金马，

俯首甘为孺子牛。

十八年前同受业，

长征万里不回头。

2021 年 2 月 9 日，作于于贵阳观山湖

七绝·褐色光阴（题紫叶李）

涂染春天色难匀，

斑斓五彩任铺陈。

介于绛紫鹅黄间，

别样清新更传神。

2021 年 3 月 24 日，作于贵阳山临境

七律·回乡偶成（平水韵）

魂兮归去游乡里，杨柳相依走故渠。

步履匆匆频访友，往初历历不翻书。

童年犹羡天空鸟，皓首偏怜荷下鱼。

多梦江南无绪雨，春光苦短恨灵虚。

2021 年 4 月 13 日，作于于贵阳南厂

烟台印象四首

（一）胶东革命纪念馆

百年奋斗声形在，红色胶东习俗淳。

昔日洋人欣乐处，如今大众品艰辛。

（二）北极星钟表文化博物馆

海涛相送西洋景，剔透玲珑报晓钟。

此技早先华夏创，一朝落败反求封。

（三）烟台山

众贾通商勋业起，列强侵略鬼魔欢。

国危兵废书生哭，屈款羞章壮士寒。

瓜分烟台皆别墅。枝横海岸是桅杆。

巨人运掌乾坤变，留下遗痕后世观。

（四）冰心纪念馆

大海涛声伴启蒙，心灵营养著书丰。

纵横世纪情难了，奶奶当今属网红。

2021 年 4 月 19 日

七绝·蓬莱仙境

八位游仙到此山，相邀东渡为哪般？

蜃楼海市迷花眼，各显神通不复还。

2021 年 4 月 20 日

七律·锦绣谷

世外桃源心内景，山中胜地眼前新。

幽深曲径送风雅，垂瀑流云洗俗尘。

绿荫有情夸倦鸟，红粉无意扮佳人。

仙庭幻梦难长守，凡界知音最可亲。

2021 年 5 月 4 日，作于丹寨锦绣谷

七绝·悼大舅高长彬（四首）

大舅高长彬先生，早年从军，中年从政。皆不同凡响，是我的一生楷模。如今驾鹤西去，享年八十有四。

（一）

辛丑春残究可哀，

狂风吹落断魂台。

惊闻天地伤颜色，

满地愁云起碧埃。

（二）

一世芳名足称豪，

雄姿英发佩金刀。

雪鸿爪泥青春路，

曾遣风云惯弄涛。

（三）

常施甘露催花发，

恩泽群贤领物华。

弱冠授方知冷暖，

只身仗剑走天涯。

（四）

油尽灯枯举步艰，

慈亲此去不回还。

年年断舍伤心处，

北望江陵万重山。

2021 年 5 月 11 日，作于于荆州万达嘉华酒店

七律·走新疆

身滞新疆成食客，心游故土羡书虫。

云霄浩旷登山远，阡陌纵横行路穷。

褪去疫情青嶂在，飞来祥瑞紫霞中。

岂无诗酒长相伴，虽有风沙亦郁葱。

2021 年 5 月 20 日，作于乌鲁木齐

七律·飞喀什（新韵）

足下生云峰岭矮，心中广阔翼鹏宽。

天山排列披青雾，戈壁横陈起紫烟。

莽际无垠开视野，亘连有径现奇观。

丝绸之路依稀见，西域如诗走一番。

2021 年 5 月 22 日，海航 7893 航班上

七律·喀什街头

独冠西域拓疆土，万种风情聚一身。

披锦媚娘撩远客，执戈武士护佳人。

居民曲巷灯光秀，饮食宽街灶火亲。

祥瑞在天云送暖，香妃园里柳含春。

2021 年 5 月 24 喀什石榴花民宿

七律·游走帕米尔（中华新韵）

中巴丝路向天涯，西域掀开厚面纱。

积雪千年迎远客，冰川万古展芳华。

草原宽广鹰鹏远，湿地斑斓景色佳。

帕米尔生七彩土，塔吉克乃一枝花。

2021 年 5 月 25 日，作于塔什布尔干县丽景酒店

七绝·端午

宁做超凡惊世鬼，

不为苟且合污人。

汉风一脉端阳粽，

楚韵千年旧俗淳。

2021 年 6 月 13 日，作于贵定音寨

七律·金海雪山

褪去金银添市景，稻田高矗旋云轮。

广场宽整迎新客，民宿温馨慰故人。

放足登山山峡险，收心望水水滨亲。

乡村四野皆风物，造化天然最入神。

2021 年 6 月 14 日，作于贵定音寨

七律·登阳宝山（新韵）

阳宝云峰嵌法珠，无涯佛海此山殊。

浑然青翠抹巍奂，空谷仙音送醒醐。

狭路弯曲执杖走，情怀坦荡对风抒。

每逢佳庆登高乐，天地胸襟总自如。

2021 年 6 月 13 日，作于贵定音寨

七律·音寨仲夏夜感怀

花颜浅褪青山显，柳荫浓遮绿水丰。

旺季客来民宿满，淡期人去阁楼空。

观星赏月天庭事，品酒论茶地域风。

繁华消祛生趣在，初心晚节相偕红。

2021 年 6 月 14 日，端午记于格鲁格桑民俗村

七律·欢呼神舟（新韵）

一箭三杰奔昊穹，星辰相伴曜天宫。

空间站驻家乡客，地球村腾中华龙。

笑傲沧溟鹏正举，勤随日月步从容。

西风催落黄昏雨，眼底青山佩玉虹。

2021 年 6 月 17 日，作于古田干部学院

心 声

波涛万里横，

执政如驶轮。

初心莫辜负，

江山是人民。

征途千般难，

百战破雄关。

报效衣食恩，

人民是江山。

2021 年 6 月 29 日，作于贵阳南厂

七律·收看建党百年庆典

翼展蓝天铺纸张，战鹰凌空著诗行。

百年华诞治盛典，四海欣荣示吉祥。

长夜晦暝谋国运，鸡鸣日朗助民康。

黄钟奏凯中兴梦，青史吟风又启航。

2021 年 7 月 1 日，作于贵阳南厂

七律·观多地庆祝建党百年灯光秀视频

入夜江山皆出彩，高情远韵倚楼飞。

浩然气演灯光秀，博雅风开锦玉帏。

万里霓虹呈国色，百年辉熠显天威。

神州今夕容颜好，相守明朝沐曙晖。

2021 年 7 月 5 日，作于贵阳南厂

七绝·打卡大明湖（新韵）

泉城风采岂不知？

佳句名篇俯首拾。

垂柳无边翻绿浪，

碧波多彩难吟诗。

2021 年 7 月 9 日，作于济南索菲特酒店

七律·高楼观雨（中华新韵）

冗长夏月暑湿蒸，急雨潇潇入晦暝。

祥气漫弥三界外，佛光普照四方明。

高楼密攒摩天立，小巷疏达绕地行。

山色清凉今日好，湖波犹比当年澄。

2021 年 7 月 10 日，作于于泉城济南

七律·难舍泉城

暑期神兽消炎夏，问景寻胜避远邪。

初识易安孤傲美，遍观唐宋众芳华。

英雄山上长风起，博物厅堂展品佳。

难舍泉城垂发柳，行程方始在天涯。

2021 年 7 月 11 日，作于济南索菲特酒店

七律·辛丑夏日与 12 岁外孙宽仔
顶风冒雨登玉皇顶（中华新韵）

天抽玉链地生烟，呼啸初歇彻骨寒。

不负少年登迈志，尽遂老汉冲高缘。

风扬雨骤风催马，雨紧风急雨似鞭。

岱岳在前身影健，泰山压顶路途宽。

2021 年 7 月 12 日，作于泰山南天门

七律·草原策马（平水韵）

天高地广恣情游，诗和前方意气浮。

借蹬上鞍蹄脚稳，勒缰下马腹肌柔。

良驹再现当年勇，骁骑不为眼色谋。

纵横驰驱终入梦，迎风长啸志难酬。

2021 年 7 月，作于呼伦贝尔

七律·套马（中华新韵）

凌空挥舞圈绳杆，震地蹄声气撼山。

四野奔腾擒贼首，十方驰骋破连环。

白额驹难庭内养，血性男从马背观。

身手无双骑士在，大汗风骨正相传。

2021 年 7 月 16 日，作于满洲里巴尔虎

七绝·白桦林（平水韵）

千重落叶归黑土，

万种风情系玉身。

清秀脱俗存浩气，

空山深处响足音。

2021 年 7 月 20 日，作于额尔古纳市

题蒙兀室韦苏木

蒙兀室韦，魅力无悔。

民俗小镇，风情山水。

北疆明珠，边陲花魁。

蒙汉俄满，齐放光辉。

2021 年 7 月 20 日，室韦风情酒店

奥运风采

——38 枚金牌 38 首歌

杨 倩

——女子 10 米气步枪

窈窕身姿三尺枪，射落首金启华章。

双手比心现本色，一袭白衣傲风霜。

侯志慧

——女子举重 49 公斤级

小家碧玉鸟依人，大将风范铁骨铮。

擎天一举千钧力，掷地有声万事轻。

孙一文

——女子个人重剑

宝剑既出杀气闪，玉掌运力刀光寒。

桃花影落骑士勇，锋芒洞穿铁布衫。

施廷懋、王涵

——女子双人 3 米跳板

三尺跳板风云动，珠联璧合舞姣龙。

飞身凌空摘星辰，潜入碧波化彩虹。

李发彬

——男子举重 61 公斤级

举重若轻男儿强，金鸡独立戏殿堂。

江湖风波信步走，泰山压顶挺身扛。

谌利军

——男子举重 67 公斤级

千日练兵不逢时，一举成名天下知。

忍得勤修寂寞苦，唤醒东风花满枝。

庞伟、姜冉馨

——混合团体 10 米气手枪

四朝元老定盘星，携手新秀慰风尘。

毫厘之间乾坤在，见微知著识真金。

陈芋汐、张家齐

——女子双人 10 米跳台

稚气未脱站高台，游龙戏凤技不衰。
演绎惊世骇俗勇，送上芭比娃娃来。

杨皓然、杨倩

——混合团体 10 米气步枪

双杨洞穿百步杨，群雄相争强中强。
清华学霸又添金，羡煞天下少年郎。

崔晓桐、吕扬、张灵、陈云霞

——四人双桨

眼前对手身后波，姐妹同心耀星河。
双桨划开水中天，一舟洋溢血性歌。

王宗源、谢思埸

——男子双人 3 米跳板

腾空而起巧滚翻，压低身段镇波澜。
胶布缠身磨砺苦，少年奋烈峰可攀。

石智勇

——男子举重 73 公斤级

力拔山兮气盖世，刷新纪录书青史。

独占鳌头迎后浪，独孤求败已多时。

张雨霏

——女子 200 米蝶泳

静水碧波蝴蝶飞，天姿国色女儿媚。

泳池清澈天地宽，万马军中破重围。

张雨霏、杨浚瑄、李冰洁、汤慕涵

——女子 4×200 米自由泳接力

姐妹同心利断金，天衣无缝伟功成。

玉池胜章写中华，笑傲江湖有几人。

陈　梦

——乒乓球女单

姐妹阅墙外御侮，国球威猛气如虎。

伯仲之间分金银，颁奖国旗双飞舞。

汪顺

——男子 200 米混合泳

入水似蛟出成龙，股掌之间识英雄。

沧浪水清泳池碧，如今染上中国红。

朱雪莹

——女子蹦床

真能一蹦三尺高？借力跃起在云霄。

凤凰翩舞惊世美，队友称臣也堪豪。

王懿律、黄东萍

——羽毛球混双

洁白羽毛赋神技，球网相隔演传奇。

过关斩将不回首，双拍挥舞全无敌。

马　龙

——乒乓男单

乒坛奥运难卫冕，昙花一现也灿烂。

六边苦战破魔咒，王者归来尽开颜。

卢云秀

——女子帆板 X 级

苍茫云海一扁舟，孤身弄帆搏激流。

碧水蓝天国旗红，敢驭长风勇封侯。

吕小军

——男子举重 81 公斤级

脚蹬金靴不求银，壮士能扛千均鼎。

惊落头顶一片月，不负足下寸草心。

巩立蛟

——女子铅球

铅球沉甸验肝胆，古典项目顶桂冠。

枯林险径独自走，守得花开胜牡丹。

施廷懋

——女子跳水 3 米板

翩若惊鸿宛若龙，波澜不惊入水中。

梅开二度颜色好，凌空仙姿谁与同。

陈雨霏

——羽毛球女子单打

狭路相逢勇者胜，巅峰对决豪气生。

挥拍欲揽九天月，出神入化一片春。

汪周雨

——女了举重 87 公斤级

杠铃无语沉似铁，冲天一吼地欲裂。

昂首挺立成壮举，再破纪录谁能越。

刘 洋

——体操男子吊环

环环紧扣力与美，款款展现动亦静。

沉寂之地听惊雷，一战成名赤子心。

张常鸿

——男子五十米步枪三姿

气若游丝操枪稳，心细如发目标清。

三姿最考是心力，单枪再造好乾坤。

钟天使、鲍珊菊

——场地自行车女子团体竞选

心怀追云撵月志，脚踏风掣雷行轮。

一骑绝尘昂天笑，相顾身后已无人。

李雯雯

——女子 87 公斤以上举重

膀阔腰圆身板壮，下手抓重已无双。

六番高举气若兰，眼前力士是媚娘。

谢思埸

——男子 3 米跳板

弹性跳板柔韧地，铿锵步伐厚实肩。

屏心静气神功在，水花散尽自领先。

邹敬园

——男子双杠

矫健身躯杠上飞，俯仰之间卷风雷。

升腾沉降落地稳，运动生涯陈百味。

管晨辰

——女子平衡木

三寸方木峻险俏，无数英雄竞折腰。

初生牛犊不怕虎，减压时作袋鼠跳。

全红蝉

——女子 10 米跳台

稚气未脱一小孩，阔步奥运大舞台。

五跳三次得满分，前无古人望未来。

陈梦、孙颖莎、王曼昱

——乒乓球女子团体

决战总是遇宿敌，抗日难免衍话题。

棋逢对手显水准，将遇良才露技艺。

马龙、许昕、樊振东

——乒乓球男子团体

中国乒乓世无双，称霸全球美名扬。

挑战可让钢淬火，不服只能更受伤。

刘诗颖

——女子标枪

飞身投掷远古事，人类初期谋衣食。

各路英豪聚赛场，一枪悠悠决雄雌。

徐诗晓、孙梦雅

——女子500米双人划艇

一棹逍遥天地中，双桨划出中国红，

欧美垄断终成古，虎口拔牙最英雄。

曹　缘

——男子10米跳台

优势项目压力大，十面埋伏难有差。

博弈先比精气神，敬终如始摘金瓜。

2021年8月，作于东京奥运会期间

七律·悼顺华

犹恨苍天妒楚才，魂销异地遣悲哀。

初闻微恙祈调养，久盼宏文出妙裁。

三尺讲坛迎刃立，四方桃李向阳开。

黔山贵水曾添彩，云梦荆襄不再来。

【注】蔡顺华：湖北襄阳人，著名演讲家，英年早逝。

2021 年 8 月 26 日，作于贵阳南厂

附旧作一首：

荐蔡顺华乡友演讲集《小狗也要大声叫》

小狗也要大声叫，巨匠功从细处磨。

表达自如引纵横，沟通得意善捭阖。

才辩无双辩须工，知行合一行必果。

出口成章师蔡公，满腹经纶任评说。

2020 年 6 月 24 日，作于贵阳观山湖

七律·自度曲

心静如秋意气收，沉浮诗海泛扁舟。

拾薪无几周身暖，补拙良多独自修。

庭院难拴汗血马，沙滩休恋望风楼。

扬帆不惧浪头水，一路欢歌上碧洲。

2021 年 8 月 31 日

七律·参加省诗歌学会有感

遍访名山知境界，寻来彩线织霓裳。

寒蝉聒噪谁污韵？野草昂头我向阳。

沧海拾珠钦慧眼，墨林琢玉诉衷肠。

诗文通晓千年事，一梦追风去汉唐。

2021 年 9 月 6 日，作于贵阳南厂，次日更新

七律·咏桂

枝不招风干亦壮，金秋送爽蝶蜂忙。

花藏绿叶珍珠色，气镇丹霞琥珀光。

树下驻轩人易醉，林间放语口难张。

相望失态谁先去？如梦成仙沐暗香。

2021 年 9 月 8 日，作于贵阳山临境

七律·苗岭秋晨（依韵杨昌盛先生）

大山走雾去何方？苗寨飞纱笼曙光。

新稻浅黄弯穗响，旧林深绿嫩枝长。

芳邻犬吠欢声暖，晓月鹰翔孤影凉。

慈母忙炊云鬓乱，男儿哪载又归乡？

2021 年 9 月 15 日

附：七律·晨观交梨雾海

◇杨昌盛

杨家坡顶望东方，雾海苍茫接曙光。

万叠波涛无骇响，千般幻景有奇装。

山如苗髻沉还现，日似萤灯暖忽凉。

羽化欲仙云气乱，红霞染遍见家乡。

（平水韵·下平·七阳）

七绝三首

（一）秋色

秋来气和云高爽，草木欣荣不见霜。

最是林城生态好，凋零只在镜中藏。

（二）学艺

诗界恢宏学问长，起承转合起房梁。

诗情搭建黄金屋，韵律存胸万卷香。

（三）拜师

白首如新倾盖晚，数番晤对趣兴长，

逢春枯木滋甘露，迟暮时分沐晓阳。

2021 年 9 月 12 日至 15 日

辛丑中秋

心静自高闲，人疏地愈偏。

佳期无访客，清暇伴书眠。

大厦流光影，长街挂彩幡。

登楼看景色，明月正孤悬。

清辉任铺洒，皎澈互缠绵。

月引魂思走，魂邀月下凡。

他嫌人间吵，我畏太虚寒。

隔空周旋久，相违又一年。

2021 年 9 月 21 日，作于贵阳

七绝·自嘲

蜘蛛林间忙编织，倒四颠三挂满枝。

期遇秋风吹落叶，百无一用不言丝。

2021 年 9 月 16 日

七律·神舟 12 号返回

太空站里逍遥客，三月安居结伴归。

摆渡自由酬我愿，泊停随意逞天威。

樊篱封堵东风破，霄汉翱翔北斗辉。

大海星辰正逐梦，中华崛起看腾飞。

2021 年 9 月 17 日

七绝 · 学诗

岸脚徘徊意未休，

偶探深浅试砖头。

无边气象似江海，

心绪苍茫上小舟。

2021 年 9 月 25 日

七律·花溪高坡乡观云

溪南高岭乃云乡，穷宇幽蓝作巧妆。

升帐玉龙堪涌雪，腾飞青鸟似披霜。

孤探引路摇银缟，万骑跟随沐紫阳。

无限江山兜底色，天通地透是秋光。

2021 年 9 月 26 日

七律·高坡金秋

兴起郊原半日游，橙黄橘绿稻香浮。

市民不管耕耘事，农户皆为劳获谋。

举目远望寻美景，低头近观记乡愁。

经年辛苦无虚活，林茂粮丰好个秋！

2021 年 9 月 27 日，作于山临境

国庆抒怀（三首　中华新韵）

（一）

祖国华诞日，景象正葱茏。

山水迎游客，城乡送和风。

相逢开口笑，度假享轻松。

把酒邀明月，星辰入梦中。

（二）

航空看盛会，云上起长虹。

守土执坚盾，擒敌有利弓。

扬眉全世界，含笑护昌隆。

信念察颜色，先驱血染红。

（三）

一抹中国红，千年华夏风。

坚贞不改色，自信最从容。

社稷人民造，执权靠领锋。

小康开大道，时运起蛟龙。

2021 年国庆节，作于贵阳

观影《我和我的父辈》（四首）

（一）

骨肉乡亲拆分难。

铁骑嘶吼剑光寒。

此身纵使乘风去。

血性男儿未下鞍。

（二）

如梦飞天亦有诗，

恩情生死两由之。

几多忠骨埋荒漠，

千古胡杨守健儿。

（三）

蜂蝶趋光草向阳，

先尝螃蟹是儿郎。

踟蹰河岸不经水，

难发千舟入海洋。

（四）

万事皆须仔细看，

未来无限智能宽。

泱泱世界人不老，

仰望星空自凭栏。

2021 年 10 月 9 日，作于贵阳

七律·巢凤寺

东山巢凤寺名扬，一片玲珑万缕光。

绿荫遮身藏厚重，红楼显影透辉煌。

拾阶俯首忘宏愿，登殿虔心点佛香。

久浸嚣尘难脱俗，庄严国土取清凉。

2021 年 10 月 9 日

七律·侄婿李定一选拔为
公安县城副镇长职寄语

千军万马齐肩逐，勇夺三关气自豪。

风雨江湖添智慧，平凡俗务隐功劳。

行船不惧浪花涌，施政全凭火焰高。

敬畏方能成格局，溪流无语有波涛。

2021 年 10 月 10 日，作于贵阳

五律·题东升好友夕阳冰山照

夕阳投大坂，素面染朱丹。

倾尽光和热，难融雪与寒。

晴空风雨后，荒野水云宽。

喷出心头血，留停好景观。

2021 年 10 月 15 日

七绝·重阳（两首）

（一）

岁值重阳几分秋，

登山无暇懒爬楼。

连绵风雨花难继，

好景都归梦里头。

（二）

烟火人间主妇难，

终年玉指水不干。

东山秋菊重阳好，

近处芬芳仔细看。

2021 年 10 月 14 日，作于于贵阳

七律·观神舟十三号飞天

赤焰腾冲破碧霄，豪情畅朗意逍遥。

九州俯眺皆灯火，万众欢声压海潮。

日照东方千里暖，疫惩西土百花凋。

太空谈笑人间事，星汉征途正赶超。

2021 年 10 月 16 日

银杏（新韵）

帮扶村寨久无闻，

银杏长成百业新。

苗岭秋深霜降后，

金花飞舞客如云。

2021 年 10 月 27 日

五律·寄甘辛（新韵）

七星岩下聚，倩影入怀中。

山是当年貌，人非旧岁容。

彩云追倦旅，夕照赞飞鸿。

来去君行健，酸汤胜酒浓。

2021 年 10 月 21 日，作于贵阳

重阳余韵·奉命逗乐
和诸战友（古风）

登高望群峰，白云岭头浓。

浩气来心底，千里目欲穷。

但见河山远，雁阵横长空。

枫丹染白发，秋山又几重。

2021 年 10 月 15 日

附：重阳感怀

◇ 李报德

（一）北京·黄抗生

西北望香峰，云遮雾意浓。

虽有凌云志，奈何脚力穷。

登顶成旧忆，仰啸对长空。

不知风雨后，霜叶红几重。

（二）广州·熊焰

往事叠成峰，战友情谊浓。

当年挥刀笔，剑指众寇穷。

一裁分南北，只留大院空。

岁月催人老，童心多几重！

（三）济南·李启科

昔年登珠峰，志壮意气浓。

而今须发白，体衰力渐穷。

服老习书法，挥毫补心空。

不求名与利，昂首傲九重。

（四）武汉·吴其泰

往昔攀高峰，军旅血性浓。

任尔难险苦，拼搏力无穷。

如今成老迈，体衰心不空。

迈进新时代，牡丹艳几重。

（五）贵阳·石孝军

重阳聚众峰，骚客笔兴浓。

青岁不知底，黄昏路渐穷。

人隔千里远，文避一词空。

秋韵缘何发，山高水复重。

2021 年 10 月 15 日

七律·惊闻花果园疫讯

疫症堪比黑乌鸦，款款低飞面似遮。

属意扎堆融一气，钟情疏忽走千家。

放松不逞匹夫勇，严控赢来众口夸。

牢地风波容易起，颠覆同在过山车。

2021 年 10 月 26 日

七律·贵阳牛人李端棻

科甲乘风宦海游，狂澜既倒舍身求。

超凡慧眼真君子，拯世维新伪自由。

功败苦寒边塞外，归来力筑学堂楼。

觉醒惊电催天晓，鸿业春秋美誉留。

2021 年 10 月 16 日，作于贵阳喀斯特酒店

五律·与铁夫尔江二战友筑城重逢

相聚圆清愿，陶然骑士风。

豪情独山下，铁血七溪东。

帷幄勤谋策，沙场勇射弓。

润肠开老酒，秋好看枫红。

2021 年 10 月 20 日

七律·送秋

独自登高看晚秋，霜凉时节乱云浮。

来年应信春光好，去疫能消百姓愁。

早欲郊原鞭快马，曾烦宦海踢皮球。

幸存肝肺如冰雪，堪抱斜阳作醉游。

2021 年 10 月 23 日

伤桂四首

（一）五绝

寒凉时节雨，金粟满园飘。

本欲长馨逸，秋风不肯饶。

（二）七绝

娇小无声香满枝，徘徊树下犯花痴。

傲霜引发秋风妒，一样飘零不入时。

（三）五律

雨涟青桂湿，珠落护花迟。

国色非期属，天香世所知。

素颜羞粉饰，洁性耻沟池。

一片好光景，金风玉露时。

（四）七律

深秋桂子前庭景，连番风雨无情打。

纵使金钱如粪土，不致珍珠任意洒。

透天清气怜香真，遍地落英惜玉假。

零落成泥色不改，一样芬芳自优雅。

2021 年 10 月 31 日

对酒朗吟渔父词

采桑子·庆脱贫（词林正韵）

脱贫致富终圆梦，功业千秋。

功业千秋，壮举高歌看贵州。

伟功更在雄关后，誓不言休。

誓不言休，不获全胜兵不收！

2020 年 12 月 5 日，作于于贵阳南厂

定风波·缅怀（中华新韵）

劲旅南征遇海峡，两支军锐万船发。

蹈浪剿山威胜虎，英武。势如席卷誉琼崖。

高竖丰碑铭伟绩，接力，惠风长空颂芳华。

戎马有涯寻旧部，温故，战旗血染映鲜花。

【注】解放海南岛的两军是我四野40军和43军，我们夫妇都曾在43军服役。

2021年1月3日，作于于海南岛龙栖湾

沁园春·拜觐儋州东坡书院（词林正韵）

碧波清涟，芳草萋芊，东坡故园。

察旧章往事，举头历历；新春风景，俯首绵绵。

一代宗师，千秋回望，万丈光芒照宇寰。

正庭午，随八方游客，趋步朝前。

数年魂守情牵。命多舛，豁怀天地宽。

忆密州出猎，乌台冤案；雄奇诗赋，锦绣词笺。

逆旅人生，因缘鸿雪，慷慨从容面面观。

踏歌去，有初心依旧，沧海云天。

2021 年 1 月 15 日，作于海南龙栖湾

水调歌头·观剧《跨过鸭绿江》（词林正韵）

鸭绿江横跨，援助战开场。

和平不易，战场刀斧试锋芒。

七十余年过去，正气浩然回响，英烈树荣光。

追剧添回放，垂泪湿衣裳。

蛇蝎心，纸老虎，野心狼。

恃强凌弱，炮火施虐逞疯狂。

鲜血飘扬碧空，忠骨支撑焦土，功绩铸辉煌。

壮举存天地，国运启隆昌。

2021 年 1 月 26 日，作于贵阳山临境

忆秦娥二首（词林正韵）

（一）脱贫表彰

关山越，脱贫决战齐传捷。齐传捷，丰功伟绩，曜星昭月。

征程再启令如铁，奋蹄不觉头飞雪。头飞雪，黄昏蜡烛，尚存余热。

（二）元宵咏春

年方歇，喜兴又起元宵节。元宵节，夜放花树，灯火欢彻。

河山万里共明月，满园春色同欣悦。同欣悦，红樱如火，碧桃胜雪。

2021 年 2 月 25 日，作于贵阳观山湖

渔家傲·祝捷（词林正韵）

世界屋脊昆仑哨，高寒缺氧骄阳照。剑拔弩张修战表，苍狼啸，两军对垒中华傲。

守土官兵皆侠少，身形矫健腾渊浩。力挽狂澜于既倒，云水笑，河山响彻冲锋号。

2021 年 3 月 9 日，作于贵阳

浪淘沙·落花（仄声韵）

遍地白樱李，

落玉如洗。

烟霞似雾散成泥。

昔日芳华春色许，

身不由己。

物种有天替，

兴废成谜。

百花竞放众相喜。

万物复苏春汛急，

风歇云起。

2020 年 3 月 14 日

春之词九首

（一）十六字令·学诗

诗，志漾情飞有所思。

韶光好，莫笑柳蚕痴。

（二）南歌子·赏春

绿柳丝丝长，

红梅朵朵香。

春风初度泥燕忙，

清气浩然天地共芬芳。

（三）渔歌子·读书

放歌须伴虎啸声，

起舞当随凤展形。

三更火，五更灯，

书山有路负重行。

（四）忆江南·伴童

时光好，

伴读辨书声。

尚有自尊知得失，

已无心思计输赢。

几案共明灯。

（五）潇湘神·咏梅

椒萼梅，椒萼梅，

体单躯瘦暗香随。

磊落岂须青叶配，

嫣然一笑紫霞飞。

（六）捣练子·访军属

云走马，乘风行，

飞到边关报姓名。

卫国守疆家万里，

倚门怅望计归程。

（七）浪淘沙·落花

紫叶李皑皑，

玉树谁栽？

吞烟吐雾遍山崖。

尽显芳华先着色，

天地安排。

零落化尘埃，

几许悲哀。

百花争艳竞相开。

万象更新春正好，

接力登台。

（八）江南春·郊游

花灿灿，

桃夭夭。

观鱼需近水，

恋春喜青郊。

樱红柳绿村村景，

金海雪山步步高。

（九）忆王孙·平坝樱花

红尘潇洒看樱花。

十里娥妆万顷葩。

莺语燕声影子斜。

乐无涯。

航拍穿梭阵阵哗。

2021 年 3 月 15 日，作于贵阳观山湖

江城子·守望（词林正韵）

赏春应俗羡他乡。

备干粮，整行装。

引伴呼朋，相约好辰光。

行歌半途方觉悔，

人已倦，路还长。

归来漫步气清凉。

柳丝飔，紫荆香。

墨染樱飞，桃李正兴昌。

守望门前风与物，

三生恋，满庭芳。

2021 年 3 月 17 日，作于贵阳山临境

长相思·怀乡二首（词林正韵）

（一）

虎渡河，虎渡河。连接荆江澧水波，依稀梦里歌。

日吟哦，夜吟哦。少小离家经砺磨，雨淋风吹蓑。

（二）

青丝萝，紫丝萝。心结长草泪涕沱，乡愁衍病魔。

郁几何，怅几何。白发渐生消碧螺，积尘湮楚娥。

2021 年 3 月 19 日，作于贵阳山临境

醉太平 · 樱花（词林正韵）

风鬟雨缤，嫣香袭人。琼枝招展生云，吐芳如有神。

亦悲亦欣，超凡脱群。高华不染纤尘，相依留三春。

2021 年 3 月 22 日，作于贵阳山临境

玉蝴蝶 · 中美会谈（词林正韵）

东风相撞西风，麦芒对针锋。一语破连纵，双边守异同。

抬头平视中，春色此厢浓。凭正义存胸，看蛟龙行空。

【注】会谈前，我国的战略核潜艇发射了新研制的最先进的洲际战略核导弹。

2021 年 3 月 23 日，作于贵阳山临境

忆秦娥·观势（词林正韵）

风不歇，哀鸿遍野滋妖孽。滋妖孽，群魔乱舞，众彘低劣。

和平崛起志如铁，披荆斩棘关山越。关山越，河清海晏，春花秋月。

2021 年 3 月 25 日，作于贵阳观山湖

鹧鸪天·四月四日与闸口中学
同学重聚（词林正韵）

蓬荜生辉笑语盈，

空山新雨杜鹃声。

百年过半重相庆，

一片惊呼辨姓名。

骑竹马，扑蜻蜓，

如烟往事掩峥嵘。

人生逆旅行江海，

怀抱春天又一程。

2021 年 4 月 5 日，作于公安县红八号宾馆

鹧鸪天·祭祖（词林正韵）

烟雨江南寒食天，

花开絮散暖阳还。

情追故里荒郊外，

泪洒先茔素幛前。

红蝴蝶，紫飞鸢，

凭空寄语正翩翩。

无涯伤感儿孙拜，

长跪难谋父母颜。

2021 年 4 月 4 日，清明作于公安

鹧鸪天·拜三袁（词林正韵）

千里风光万里涛，

长江入楚浪正高。

一门三杰袁兄弟，

文学新观扫旧嚣。

继往圣，领风骚，

不拘一格话今朝。

性灵独表知成色，

墨守成规终自凋。

2021 年 4 月 6 日，作于公安三袁广场

鹧鸪天·谒张居正故居（词林正韵）

古邑荆州花正燃，

名相府邸柳含烟。

三生磊落顾宗稷，

千古功过护国安。

考成法，一条鞭，

民为邦本巧治官。

翻云覆雨身先死，

追圣思贤泪不干。

2021 年 4 月 7 日，作于荆州万达嘉华酒店

鹧鸪天·参观张裕酒文化博物馆（词林正韵）

海涌烟台云起堆，

天垂张裕果生辉。

百年沧浪砺宏博，

独自坚诚求细微。

朦胧味，玻璃杯，

娇声劝饮暂忘归。

愁肠浇酒心不死，

勿待琵琶马上催。

2021 年 4 月 18 日，作于烟台金海湾

清平乐·夜读《张伯驹致
周笃文书函谈艺录》次刘义韵

　　张伯驹先生是著名的诗词大家、收藏大家。周笃文先生是张伯驹的入室弟子。历经十年浩劫，诗坛百废待兴。两位真正的文化人为推动中国诗词学会、中国韵文学会、中国辞赋学会建立奔走呼号，煞费苦心，遂有现在诗坛兴旺，百花齐放的文化盛世。《翰墨留青——张伯驹致周笃文书函谈艺录》真实地记录了这一段往事。新华社高级记者刘义读后赋《清平乐》一首，吾亦有感步其韵附和。

词坛佳事，当代忘年谊。泥爪雪鸿寥落字，一脉传承相继。
万物皆有光辉，高处自古人稀。择善余心无悔，岂忧谁与吾归。

石孝军　2021 年 4 月 24 日

附：刘义原词

清平乐·夜读《张伯驹致
周笃文书函谈艺录》篇有感

尘封往事，何限师生谊。一纸素笺寥数字，力透纸背承继。

无声流月清辉，丛公音影依稀。试问千金散尽，谁能物我同归?

竹本辛丑春日作

鹧鸪天·锦绣丹寨（中华新韵）

五一期间八面风，

车如流水马如龙。

热门景点皆捱挤，

冷僻山乡亦爆棚。

小朋友，老顽童，

兴高采烈步从容。

厄难劳顿宽闲过，

丹寨青山花正红。

2021 年 5 月 2 日，作于丹寨锦绣山谷

99

人月圆·假期出行有感（词林正韵）

脱缰野马城池远，

随意且心宽。

归真返璞，

游山玩水，

亲近天然。

尽情释放，

醉狂人间，

似易还难。

风清月朗，

承恩当下，

国泰民安。

2021 年 5 月 2 日，作于丹寨锦绣山谷

如梦令·木楼听雨（词林正韵）

山谷骤然风起，

抬眼树低云滞。

雨洗半边楼，

窗槛落珠溅泪。

凄丽，凄丽，

正是杜鹃花季。

2021 年 5 月 3 日，作于丹寨锦绣谷

阮郎归·伤春（词林正韵）

连天风雨打篱笆，
　门前看落花。
梦残难续陷泥沙，
　隐雷似鼓筇。

　春去也，
　在天涯，
　梁间又日斜。
一辞不返是年华，
　泪光染落霞。

2021 年 5 月 5 日，作于贵阳南厂

荆州三咏

（一）沁园春·城墙怀古（词林正韵）

久雨初晴，和光春霭，江陵城头。且拾阶信步，依依杨柳；举头望远，隐隐沉浮。一派生机，万方仪态，三国风云百丈楼。辨陈迹，曾得而复失，大意荆州。

自来地广人稠。数俊秀、江河水汇流。见楚王立邑，子胥献计；岑参赋塞，戎昱吟愁。凤舞龙腾，人才辈出，灿烂群星照沃畴。值当下，正开来继往，建业千秋。

2021 年 4 月 6 日

（二）念奴娇·与战友邱福友雨中游沙市逸仙湖（词林正韵）

雨凉天气，领春霖，正是清明时节。碎絮飘蓬山万里，仓促南阳伤别。翠柳军营，枫杨哨所，苦乐同明月。重游胜景，翠松苍柏堪阅。

追忆如水流年，六旬方一瞬，犹难评说。纵有屠龙擒虎术，不敌调编裁撤。再启人生，风霜泥泞路，行端心洁。迎风趋步，相忘头上飞雪。

2021 年 4 月 7 日

（三）水调歌头·与曹时潜兄登沙市卷雪楼（词林正韵）

荆楚空无际，江汉水云宽。奋身开峡，波涛淹润好河山。雅举治楼堤畔，相约吟晨醉晚，其意实超然。卷起一江雪，清净万春川。

傲天地，阅今古，大可观。三袁故里，耀朗文采字斑斑。登历了然入目，曾伴金禾银朵，耕读倚阑干。长啸任晴雨，眼底貌雄关。

2021 年 5 月 12 日

天仙子·观舞（词林正韵）

　　苇笛卡龙都瓦甫，激越铿锵豪迈鼓。乌丝如瀑卷蛮腰，神韵吐，仙之舞，举座齐欢惊院宇。

　　维汉弟兄同一土，取暖抱团方靠谱。天山南北命相连，除恐恶，清社鼠，壮丽前程金线缕。

2021 年 5 月 20 日，作于乌鲁木齐吉尔花园

临江仙·喀什夜市（词林正韵）

　　千古城墙高耸，一轮明月低垂。楼台歌舞正光辉。燕声随酒起，莺语伴情追。

　　西域休言荒瘠，丝绸花雨氛围。鼓弦笙笛任徘徊。长弓护国土，祥和满边陲。

2021 年 5 月 23 日，作于喀什巴格其巷

鹧鸪天·赞中巴友谊路（词林正韵）

天堑云端盘老鸦，

昆仑穿越实豪奢。

宽平坦荡入冰坂，

威武逶迤追彩霞。

皂青土，紫红砂。

雪峰冻岭有人家。

万山聚首情相系，

一路高歌向远涯。

2021 年 5 月 24 日，作于塔什库尔干县景阳宾馆

忆王孙·无题

他乡为客最伤魂。

无意花前月下人。

乱点鸳鸯致漂沦。

梦如云。

片片飞过朱雀门。

2021 年 6 月 12 日

凤凰台上忆吹箫·课后信步
古田五龙湖（词林正韵）

青嶂环围，绿荫笼盖，碧波山色空幽。养浩然正气，不显娇羞。灯火星光树影，消夏雨，驻足凝眸。陶然处，闽西土地，铁血金瓯。

悠悠。百年往事，惟建党强军，谨记心头。有古田陈迹，光照千秋。经历峥嵘艰险，承传统，周虑深谋。新时代，初心筑磐，万丈高楼。

2021 年 6 月 16 日，晚作于古田干部学院

朝中措·古田两会址（两首）

（一）

碧莲青荷映红花，标语放光华。小院白墙灰瓦，军魂在此萌芽。

高瞻远瞩，出神入化，政治当家。从此枪由党管，战旗覆盖天涯。

（二）

时光脚步急匆匆，此地更葱茏。重塑军魂使命，再敲大吕洪钟。

忠纯党性，严治军吏，清理蛆虫。激活一腔热血，再生万里雄风。

2021 年 6 月 18 日，作于龙岩

鹧鸪天·拜访沙县夏茂镇俞邦村（词林正韵）

扁肉蒸糕瓦罐汤，

青葱红蒜白皮姜。

闽西风味家常菜，

香满厨房誉宴堂。

小生意，大文章，

客家儿女遍他乡。

人间烟火看餐食，

沙县名声传四方。

2021 年 6 月 24 日，作于贵阳

少年游·造访永定土楼（词林正韵）

雕梁画栋客家楼，曲直嵌田畴。
黄土厚筑，绿荫轻掩，
藏拙显风流，

百年沧桑人非旧，富贵命中求。
耕读传家，锦衣玉食，
风景正当头。

2021 年 6 月 25 日，作于贵阳

山花子·整理书房（词林正韵）

惯使藏书乱耳房，陈年旧事积风霜。兴起腾挪从头阅，再思量。
志大才疏痴意长，刻画相思梦偏航。枉自研求过万卷，总虚忙。

2021 年 7 月 6 日，作于贵阳南厂

111

忆江南·诈马宴（词林正韵）

宫廷宴，盛服配金銮。

元代奢华皇室礼，当朝游客性情餐。

弹指越千年。

灯火炫，舞乐胜天仙。

高匠名厨烹玉食，酒觚交错意缠绵。

疑似在人间。

2021 年 7 月 16 日，作于满洲里巴虎尔

破阵子·阿尔山（词林正韵）

浓翠遮空蔽日，碧波鸟语花香。

隐护森林忘日月，笑纳红尘容短长。

巍峨踞北疆。

隔缓四方风雨，筑牢生态城墙。

阿尔山含江海水，呼贝湖肥牛马羊。

美名天下扬。

2021 年 7 月 24 日，作于于阿尔山天池

霜天晓角·访友遇阻

秋光剪切。骤雨如堤决。

楼阁一时迷惑，长亭外，云正阔。

隔窗难自歇，远望生纠结。

相守湛凉干爽。共纸墨，吟风月。

2021 年 9 月 12 日，作于午后

点绛唇·空巢中秋

月隐云浮，秋风吹矮池边树。草枯荷疏，桂子香如故。

寻遍旧园，流水无归路。思去处，心如飞絮，独酌浇愁雾。

2021 年 9 月 20 日，作于贵阳

玉蝴蝶·丹寨万达小镇国庆之夜灯光秀（词林正韵）

光荣升上云空，天水相映红。彩凤伴游龙，流星化玉虹。
佳期宾客涌，胜景鬼神工。千里共寰中，万方同和风。

2021 年 10 月 2 日，作于贵州丹寨万达酒店

水调歌头·回榕江（词林正韵）

青竹根须长，赤子岂无乡。叠峦延目，一轮明月在山冈。往事仍存反响，故友经年守望，秋雁又成行。再认大榕树，重访小丹江。

岁序换，天地变，是沧桑。错差剔透，万盏灯火照蛮荒。公路纵横缠绕，高铁挟雷掣电，羊瘣稻鱼香。人有几回搏，与汝伴风霜。

2021 年 10 月 4 日

清平乐·月亮山稻熟（词林正韵）

秋高气爽，浩浩金风响，深绿浅橙粮田广，天地恩情滋养。

月亮山岭乡隅，曾经道路崎岖，细辨雪泥鸿爪，不负烟雨驰趋。

2021 年 10 月 5 日

念奴娇·回乡（词林正韵）

近乡情怯。趁天桥高设，追风邀月。满目青山寻旧迹，笑我意茫神竭。苗岭秋光，水乡风物，村口飞蝴蝶。绿茵伸展，翠篁贞柏枫叶。

欲辨过去房东，娉婷袅娜，明眸何清澈。似水流年无数梦，依旧纯如冰雪。支灶烹羊，笙歌高唱，敬客杯难歇。高歌回首，初心坚韧如铁。

【注】曾挂职任榕江县委副书记，老友相邀金秋回县聚首。

2021 年 10 月 6 日，作于榕江八开

忆秦娥·观影《长津湖》（词林正韵）

装备劣，长津湖上披冰雪。披冰雪，周天凝冽，强虏烟灭。

腥风血雨破围猎，驱狼逐虎坚如铁。坚如铁，山河固色，春花秋月。

2021 年 10 月 6 日，作于贵阳

眼儿媚·学诗恨晚（词林正韵，贺铸谱）

楼台烟雨后庭花，曲韵属谁家？长空鸽哨，小桥流水，大漠风沙。

纵情犹胜春心发。老树绕昏鸦。浮名误我，三秋诗兴，一段年华。

2021 年 10 月 30 日

数声风笛离亭晚

小七孔之歌

黔南的山荔波的水，

小七孔如画风光美。

六十八叠溪流抖动彩绸，

三十二里河滩镶嵌翡翠。

森林葱葱水中挺立，

芦苇依依岸边相随。

卧龙潭里祥云升起，

鸳鸯湖上情歌陶醉。

哦，小七孔，地球上的绿宝石，

大自然的奇与伟。

黔南的山荔波的水，

小七孔如诗生态美。

四季春光护佑原始植被，

七色花朵装点山野芳菲。

激光抒情凌空曼舞，

高铁载客贴地疾飞。

古镇灯火竞秀霓虹，

新街游人含笑扬眉。

哦，小七孔，贵州人的热土地，

大中华的山和水。

2019 年 10 月 16 日，作于荔波至贵阳途中

书华战友家宴记

翩翩少年郎，策马走南阳。

静则安若素，动亦马脱缰。

凝目比晨星，笑靥胜春光。

习文穷兵书，演武动玄黄。

三碗不改色，百步能穿杨。

沐风御北犯，浴火卫南疆。

数载回家转，父母催婚忙。

东邻浣纱女，西院纺织娘。

遍寻同窗友，一见倾心房。

假期光阴短，情愫日月长。

信鸽寄相思，飞鸿传柬忙。

金兰手足情，锦书共分享。

月明举头望，灯暗诉衷肠。

婚讯不期至，绕营发喜糖。

异地结连理，同心胜鸳鸯。

百万大裁军，转业整行装。

解甲未归田，拼搏在职场。

改革春潮涌，背井又离乡。

125

精心研书法，泼胆谱华章。

营造翰墨缘，驻守圆明堂。

岭南播美名，中华留书香。

我似柳絮轻，吹落天一方。

思亲面朝天，忆旧泪洒江。

岁月何所居？光阴难收藏。

心中血未冷，头顶发已荒。

一别四十年，相逢喜若狂。

故里设家宴，邀我坐中央。

叙我旧时谊，赠我新衣裳。

当年开情窦，美妙润肝肠。

而今散枝叶，子孙已成行。

儿系理工男，术业高大上。

媳是名主持，声影越九洋。

孙如百灵鸟，歌甜舞姿靓。

承先复启后，家国有栋梁。

长河东流去，两岸皆芬芳。

天地之悠悠，云水之泱泱。

把酒酹滔滔，豪情莽苍苍。

2020 年 10 月 7 日，作于石首南岳山

元帅像前（歌词）

湖岸上矗立着元帅的塑像，

微风中传来赤卫队的歌唱；

芦苇荡点燃革命的火种，

根据地集合斗争的儿郎。

轻轻抖落身上的灰尘，

缓缓走近您的身旁。

千生万死坚持信仰，

千难万险不言退让。

洪湖水，浪打浪，

红旗飘飘打胜仗。

湖面上辉映着元帅的塑像，

艳阳下充满红土地的花香；

纪念碑镌刻光辉的历史，

新时代践行壮丽的理想。

悄悄拭去眼角的泪水，

久久注视您的目光。

千山万水初心守望，

千秋万世获取力量。

洪湖水，长又长，

波涛滚滚向远方。

2020 年 10 月 8 日，参观洪湖湘鄂西苏区革命烈士纪念园；10 月 18 日，作于贵阳南厂，10 月 25 日，由崔荣忠先生谱曲；11 月下旬，由贵阳起源音乐制作，歌手申倩莲演唱；12 月 12 日，在全国各大网络音乐平台上线；12 月 18 日，荆州媒体推介；12 月 28 日，在中宣部学习强国平台发布。

洪湖新唱

再亲洪湖水，再领洪湖泱。
鸥飞白云低，雁栖绿苇长。
舟行碧波里，人在水一方。
注目田园秀，放眼天地苍。

再饮洪湖水，再食洪湖粮。
菱角粒粒壮，莲蓬朵朵芳。
野鸭炖鲜藕，鱼虾配韭黄。
八方游客来，四处稻花香。

再掬洪湖水，再濯洪湖浪。
寻访赤卫队，端详红缨枪。
呐喊声犹在，回音传铿锵。
砸碎旧世界，续写新篇章。

再唱洪湖水，再听洪湖腔。
增长精气神，感受日月光。
波影开大道，涛声护小康。
唱与世界听，岸边是家乡。

注：这首诗由崔荣忠先生谱曲，龙双演唱，已在各大音乐平台上线。

2020 年 10 月 8 日，作于洪湖瞿家湾

拜访红色娘子军纪念园

向前进，向前进，
又见红色娘子军。
八十年前琼花红，
热血风采唱到今。

向前进，向前进，
纪念园里万木春。
历代英模音容在，
事业还靠后来人。

向前进，向前进，
万泉河水清又清。
战士当知责任重，
一脉相承留基因。

2020 年 1 月 4 日

打卡博鳌

博鳌三江口，三水入海流。

带着风尘来，留下底色秀。

堆积玉带滩，潮起大浪头。

经贸设论坛，定位是亚洲，

纵论天下事，一年一春秋。

休会殿堂开，仙苑满目收。

八方游客至，四处对镜头。

大雅主会场，花团复锦簇，

邀请坐中央，端坐教摆手。

咔嚓阵阵响，款项笔笔收。

莫笑他人痴，尚需排队候。

流行网红词，时兴打卡族。

求得一时兴，缓解三分愁。

往来皆过客，谁敢称王侯。

时来不费力，运去无自由。

远离庙堂事，滩头戏沙鸥。

2021 年 1 月 6 日

战友微信群礼赞

微信圈，战友群，

轻盈的指尖深厚的情。

天南地北一声令，

集合地点手机屏。

知音是故人。

战友群，官与兵，

如歌的岁月人生的春。

同甘共苦经风雨，

铁血疆场保和平。

往事长精神。

官与兵，不了情，

永远的番号梦中的营。

解甲不减当年勇，

继承传统续光荣。

有志事竟成。

不了情，格外亲。

赤子的初心军人的魂。

夕阳西下晚霞好，

老骥伏枥思奔腾。

山水又一程。

2021 年 1 月 31 日，作于贵阳山临境

好好干，好好活

——2021 年春节期间，习近平总书记视察贵阳
  社区，叮嘱市民"好好干，好好活"。

好好干，好好活，

话似铁，情如火。

好好干活好好活，

好好活着好干活。

干活创造好生活。

好好干，好好活，

言切切，语凿凿。

工作只有好好干，

日子才能好好过。

活着创造好生活。

好好干，好好活，

动员令，开心果。

新年跨上新征程，

艰难险阻奈我何。

国泰民安多快活！

崔荣忠作曲。

                2021 年 2 月 5 日，作于贵阳观山湖

湖北公安我的家乡（歌词）

湖北公安我的家乡，

呼唤洞庭依偎长江。

湖泊百座良田万顷，

棉茂粮丰油菜花香。

千古郡县人才辈出，

荆楚文化源远流长。

啊！多情的故乡，

走到天涯也把你回望。

湖北公安我的家乡，

荆江河道九曲回肠。

十年九灾江汉之患，

分洪工程举世无双。

年年防汛围堤修垸，

顾全大局舍己安邦。

啊！多义的故乡，

山河无恙有你的担当。

135

湖北公安我的家乡，

历史足迹闪耀光芒。

三国争雄安营扎寨，

红二军团威震四方。

改革开放勇立潮头，

转型发展乘风破浪。

　啊！多彩的故乡，

当代风流再续辉煌。

崔荣忠作曲。

2021 年 5 月 15 日

人是铁　饭是钢

——悼念袁隆平先生

人是铁，饭是钢，

以粮为本是朝纲。

当代神农功盖世，

袁公此去国之殇。

人是铁，饭是钢，

一餐不吃饿得慌。

乖乖吃饭好好活，

以食为天民兴邦。

人是铁，饭是钢，

手里有粮不紧张。

十四亿人饭碗海，

保佑年年粮满仓。

2021 年 5 月 23 日，作于新疆喀什

137

帕米尔，可爱的家园（歌词）

雪山巍峨，

冰川连绵，

帕米尔，壮美的高原。

挺拔的身姿傲视星空，

奔腾的江河滋润人间。

你是中华民族的葱岭，

你是西域疆土的雄关。

啊！帕米尔，

白云衬蓝天，

雄鹰正盘旋。

远古回声依然。

斗转星移，

时过境迁，

帕米尔，可爱的家园。

时代的号角震撼南疆，

改革的春风焕发新颜。

经济走廊通向世界，

旅游胜景风光无限。

啊！帕米尔，

红旗在招展，

国门道路宽。

未来光辉灿烂。

徐强作曲，正在制作中。

2021 年 6 月 5 日，作于贵阳南厂

古田会议颂

古田，古田，成功起点，

工农武装，面貌改变。

思想建党，支部在连。

浴火重生，凤凰涅槃。

保持纯洁，治军从严，

听党指挥，一往无前。

艰难困苦，南征北战，

百折不挠，打下江山。

古田，古田，胜利源泉。

崭新时代，任重道远。

党性原则，理想信念，

政治工作，生命纲线。

铸魂育人，强本固元，

初心不改，使命在肩。

聚焦打仗，高扬风帆。

钢铁雄师，守牢江山。

2021 年 6 月 15 日，作于古田干部学院

颂歌献给党

——纪念建党 100 周年

心底的颂歌献给党

科学理论滋养武装

坚持真理，把握方向

实事求是，不断成长

积累一往无前的力量

心底的颂歌献给党

铁血信念铸就辉煌

敢于斗争，不怕牺牲

千难万险，百炼成钢

坚持九死无悔的信仰

心底的颂歌献给党

永恒初心清澈明亮

人民是江山，江山如画

江山是人民，人心所向

挺起负重前行的脊梁

心底的颂歌献给党

壮丽事业永放光芒

龙腾神州，虎啸山岗

中华崛起，民族兴旺

歌唱东方不落的太阳

2021 年 6 月 29 日，作于贵阳南厂

一路芳华

南湖红船迎着朝霞，

高扬党旗血染鲜花；

永恒的初心火样的情怀，

打下江山人民当家。

党啊，亲爱的党，

百年奋斗，一路芳华。

崭新时代启航天涯，

风雨兼程英姿勃发；

必胜的信念坚定的目标，

人民江山壮美如画。

党啊，亲爱的党，

万里征程，一路芳华。

2021 年 7 月 1 日，作于贵阳南厂

题额尔古纳湿地

额尔古纳湿地，

冠名亚洲第一。

汇聚草原灵气，

承载山川恩与。

调节湖泊河流，

平衡冰雪风雨。

植物珍稀多样，

鸟兽安栖翔集。

造就森林美景，

滋养牛羊马匹。

北疆生态如斯，

点赞眼见不虚。

2021 年 7 月 20 日，作于额尔古纳湿地公园

草原之恋

洁白的云朵衬托蓝天，
宽广的牧场散布河川。
牛羊肥壮骏马奔跑，
无限生机映入眼帘。
留下脚印，留下心愿，
今生爱恋托付草原。

灿烂的星空月儿高悬，
温暖的毡房情意绵绵。
美酒醉倒远方来客，
诗画梦境天上人间。
留下脚印，留下心愿，
今生爱恋托付草原。

清澈的河水曲折蜿蜒，
历史的画卷色彩斑斓。
马背上成长英雄的民族，
原生态装点美丽的家园。

留下脚印，留下心愿，

　今生爱恋托付草原。

　　　　　　　　　　2021 年 7 月，作于呼伦贝尔

　　这首歌曲由贵州师范大学徐强教授作曲，歌手王锋、张黎演唱，在各大音乐平台上线。

罢行赋

疫情时期旅行

悬崖边上爱情

当时风花雪月

事后胆战心惊

病毒境外肆虐

浊浪拍打国门

一地疏于防守

到处都是陷阱

回首路线热点

接二连三封城

动辄全员检测

实在心神不宁

一旦破防中招

隔离害己害人

心如乱麻难捋

泪若大雨倾盆

没有一座孤岛

让人远离红尘

没有灵丹妙药

确保独善其身

岂止劫财劫色

直接要你老命

感染悄无声息

传播隐匿无形

在此奉劝诸君

暂时放弃行程

宁愿在家养膘

不做冤魂亡灵

迷恋大好河山

可以上网刷屏

待到河晏海清

五洲四海驰骋

2021 年 8 月 6 日，宅于贵阳家中

抗疫赞歌

生活在没有疫情的地方，

道路宽畅，

人来人往。

校园里书声琅琅，

市面上百业兴旺。

人间烟火相伴日月星辰，

平凡世界充满爱与梦想。

只有自由呼吸，

才能放声歌唱。

我们神清气爽，

迎接每一天的太阳。

生活在没有疫情的地方，

内紧外松，

群控群防。

入境处严阵以待，

守护者日夜奔忙。

健康数码记录生命信息，

疫苗接种筑成防御屏障。

任你浊浪滔天，

笑对飞短流长。

我们从容自信，

迎接每一天的太阳。

2021 年 8 月 25 日，作于贵阳南厂

都柳江从我家门前流过

茫茫月亮山，

片片小村落；

地偏鸟不歇，

田陡路坎坷，

沉睡千年岁月蹉跎。

啊，都柳江从我家门前流过，

波光映着童年的酒窝。

载着远去的梦，

唱着古老的歌。

高高吊脚楼，

层层石板坡；

轻盈的纺车，

沉重的碓磨，

终日劳碌的阿公阿婆。

啊，都柳江从我家门前流过，

新时代激活我的脉搏。

拨开遮挡的云，

唱起希望的歌。

拳拳赤子心，

项项扶贫策。

产业开大道，

生态添颜色，

振兴乡村重彩浓墨。

啊，都柳江从我家门前过，

波涛见证着我的魂魄。

拓宽致富的路，

唱出幸福的歌。

2021 年 8 月 12 日，写初稿于贵阳山临境

9 · 18 闻防空警报赋

神州汽笛同时响，国耻之日正气张。

九十年前辛酸事，一声巨响乱沈阳。

鲜血染红辽河水，热泪浸透松花江。

白山黑土皆蒙羞，大江南北渐沦丧。

辱我妇女如禽兽，屠我同胞当羔羊。

轰炸城市焚乡村，毁坏资源掠宝藏。

抢劫财富欺世界，灭损文明丧天良。

斑斑血泪千古恨，罄竹难书痛断肠。

大河上下起咆哮，长城内外举刀枪。

母亲叫儿上战场，妻子送郎打东洋。

浴血黄土青纱帐，葬敌平原乱石岗，

艰苦卓绝十四载。光复河山万里长。

冠虽言败贼心在，鬼子至今不认降。

战犯神社年年拜，篡改历史气嚣张。

血海深仇重如山，家恨国耻存胸膛。

警报入耳当自省，敌人远未消灭光。

警报庄重诫国人，炎黄子孙当自强。

警报威严示天地，侵略罪行永不忘。

警报长鸣传世界，犯我中华必灭亡。

倭寇记吃不记打，紧紧攥住打狗棒。

东海若有战事起，乘长风破万里浪！

2021 年 9 月 18 日

尽量减少碳排放

秋天老虎尾巴长，临近寒露不见凉。

气候变暖已成真，地球慢慢在发烫。

南极冰融北极化，暑天下雪冬驻阳。

温室效应正发威，湿地减少草原荒。

雨水失控江河累，阴晴不定难提防。

森林山火久不熄，地震频发海潮狂。

生物秩序始紊乱，病毒细菌乱播扬。

灾难频发警报响，世界无处不紧张。

大气层似一张膜，容量超限必穿帮。

工业国家肆意为，烟囱林立炉火亮

东方大国疾声呼，西方列强要担当。

恣意妄为时已久，多行不义必有殃。

所有资源皆有主，唯有气候难独享。

莫说事情不关己，人都活在地球上。

普通百姓也有责，简单生活不铺张，

垃圾分类要坚持，生态环境讲质量。

尽量减少碳排放，保护地球小村庄，

尽量减少碳排放，四季分明日月长。

2021 年 9 月 30 日，作于贵阳南厂

若有战，召必回

保家卫国青春美，

解甲归田凯旋归。

伏枥尚有识途马，

出征只需令旗挥。

满腔热血犹未冷，

枕上每闻军号吹。

若有战，召必回，

金戈铁马抖军威。

若有战，召必回，

梦与初心一起飞。

富国强兵事业伟，

前浪总被后浪推。

宝刀屠龙寒光闪，

长弓射虎立丰碑。

余热蓄有燎原火，

夕阳能染满天晖。

若有战，召必回，

一切听从党指挥。

若有战，召必回，

梦与初心一起飞。

2021 年 9 月 11 日，作于贵阳

徐强作曲，贵阳老兵合唱团演唱，获贵州 2021 年度宽带电视比赛金奖。

路　口

站在熟悉的都市路口

迎面矗立着无数高楼

每扇窗都闪耀着眼睛

神神秘秘把我引诱

我不知道哪个属于我

是否有人真的在等候

我不知道该进哪道门

才把这座城市的风景拥有

我站在远离路灯的地方

长长的影子拉在身后

走在寂寞的人生路口

已经忘记现在的春秋

每一步都空虚而沉重

摇摇晃晃让我发抖

我不知道脚步如何轻盈

才能把无穷的新潮追逐

我不知道该朝哪个方向

才能有清晰明亮的信号左右

我站在灯火阑珊的地方

默默地向后面的人挥手

2021 年 9 月 25 日，作于贵阳南厂

黄立军作曲，国家一级演员熊正宇演唱，贵州省音乐家协会推荐在各大音乐平台上线。现歌名为《出口》。

秋天为什么如此美丽

秋天为什么如此美丽?

因为有风,因为有雨。

风把季节的弃物带走,

雨把地上的灰尘冲洗。

你看霜枫傲然挺立,

你看寒菊娇艳无比。

一片清凉,明月千里,

万里秋澄,无限生机。

秋天为什么如此美丽?

因为有情,因为有义。

果园洋溢成熟的芳香,

田野传来丰收的消息。

每一番付出都有所回报,

每一份拥有都值得珍惜。

洒下汗水,享受甜蜜,

春华秋实,岁月无欺。

秋天为什么如此美丽？

因为有他，因为有你。

美好的生活是大家创造，

风险的抵御靠共同努力。

我们经历了人间的寒暑，

我们见证着无数的奇迹。

风月同天，命运一体，

赞美金秋，谱写传奇。

2021 年 11 月 1 日初成，21 日改定

阳光少年（歌词）

春风拂面，百花争艳，

我们是新时代的阳光少年。

心地纯洁，笑容灿烂，

欢乐的歌声响彻校园。

啊，阳光少年，

芳华初现；

啊，阳光少年，

祖国的明天。

面向未来，重任在肩。

秋雨无声，滋润心田，

我们是新世界的阳光少年。

德智体美，全面发展，

美好的时光留在校园。

啊，阳光少年，

青胜于蓝；

啊，阳光少年，

祖国的明天。

面向未来，一往无前。

2021 年 10 月

张鹏程作曲，正在制作。

游走帕米尔，寻访不周山

帕米尔，就是《山海经》中所说的"不周山"，是顶天立地的地方。《淮南子》记载："昔者，共工与颛顼争为帝，怒而触不周之山，天柱折，地维绝。天倾西北，故日月星辰移焉；地不满东南，故水潦尘埃归焉。"汉代它叫葱岭，唐代多了一个"帕米尔"的称谓。清代以后，只剩"帕米尔"一个名字。

到帕米尔看什么？

亲近雪山。从喀什出来，一路上有公格尔九别峰、慕士塔格峰和公格尔峰三座海拔 7500 米以上的昆仑三剑客迎候着你。他们银装素裹，玉体横陈；白练翻飞，连绵不断，在阳光下散发着圣洁的光芒。千年积雪，冰清玉洁；万古冰川，神秘莫测。慕士塔格峰，号称"冰山之父"，平时难见尊容。一旦天气晴好，云彩散去，犹如白发长髯老翁端坐，和蔼慈祥。公格尔九别峰，恰似父亲牵引着九个孩子，缓缓走来。青藏高原有雪山，但是没有这里集中，也没有这里亲近。

融入星空。"日月星辰移焉"。这里是喀喇昆仑山脉、昆仑山脉、兴都拉什山脉、天山山脉聚首的地方，名副其实的"世界屋脊"，万山之祖。这里远隔红尘，离天最近，是星辰的故乡。所以在一个晴朗的夜晚，你登上一座观星的山头，看天边流萤，璀璨河汉，伴候群星，静听天籁。心骛八极，神游太荒。灵魂出窍，忘却天高路远；仙气入怀，不知今夕何夕。悟高心诚者，许下愿望，诉说衷肠，或能得到天助，心想事成。你可以问天：天地之悠悠，星汉之渺渺，梦归何处，情系何处？你可以悟道：思维和存在，瞬间与永恒，过去和未来。一颗流星划过，让你的灵魂飞升。

逐梦冰湖。推荐三个湖：白沙湖，又称流沙河。唐僧当年收服沙和尚的地方。碧绿的湖水，雪白的流沙，整个山体如一幅水墨画，巧夺天工，美仑美奂。如果风平浪静，倒影入镜，则有山水合一，收放自如，舒展折叠，浑然天成之妙。喀拉库勒湖，是个会变颜色的湖，坐拥冰山之父慕士塔格峰，在不同的气候、不同的季节，甚至每天不同的时间变幻着颜色，成为地质之谜。这里水草丰茂，鱼虾漫涌；天鹅款游，鸥鹭齐飞。夏坝地湖是喀喇昆仑山里的戈壁明镜，她季节性强，潮起潮落，柔美恬静，雍容典雅。

畅游湿地。有两个大的湿地公园让你流连忘返。塔合曼湿地和阿拉尔金草滩国家湿地公园，肯定是你耗时最多的地方。这里河流蜿蜒，绿草如茵，五彩花朵，七色阳光，植被铺开美丽画卷。牦牛高卧，骏马奔驰，羊群跳跃，雄鹰翱翔，天地充满无限生机。毡房点点，炊烟袅袅；和风缕缕，牧歌隐隐。如梦如幻，似曾相识；世外桃源，人间天堂。

观赏道路。现在，中巴友谊路是中国陆地通往印度洋的一条重要经济走廊，战略地位极其重要。道路两年前升级改造，全部沥青混凝土，跑起来风驰电掣,实在是爽。还有一条盘龙古道,九十九道弯,已是当下网红打卡之地。无数自驾者趋之若鹜,不可不去。道旁矗立一大招牌:"今日走过了此生所有的弯路,从此人生尽是坦途。"个中滋味,自己体会。还有一点,所谓看路,就是在路上看冰川,看戈壁,感受高寒沉寂,远古苍凉。有几个冰川地质公园,动辄十几公里,适合自驾,徒步难以至矣。

陶醉民俗。帕米尔高原居住着我国唯一的白种人民族——塔吉克族。他们朴实坚韧,勤劳善良,生得十分漂亮。女性头带平顶圆形小帽,服饰艳丽,婀娜多姿。塔吉克族婚礼庄重复杂,礼仪甚多。民俗文化独具魅力,底蕴丰厚;音乐歌舞丰富精彩,不拘一格。电影《冰山上的来客》,小提琴曲《阳光照耀着塔什库尔干》,歌曲《帕米尔,我的家乡多么美》都是二十世纪华人的艺术经典,成为一代人心中美好的记忆。

旅行要有说就走的决心,无须攻略。我的建议是:最好自驾,不至于浮光掠影,浅尝辄止。老年朋友建议跟团,省事,省力,省钱。如果直飞喀什,在当地租车上高原,也是不错的选择。目前塔什库尔干正在升级接待能力,所以最好避开旅游旺季。

约起!做一回冰山上的来客!

2021 年 5 月 28 日,作于乌鲁木齐至贵阳航行途中

云淡风轻天知道

冯小刚喜欢讲我们这一代人的爱情故事，这不，《只有芸知道》正在贺岁档期上映。

它不是一部很热闹的电影，票房并不火，但是不影响我推荐中年以上（或心境已近中年）人们去看，好让行走的脚步停一停，让躁动的心静一静，品品八十年代的爱情滋味，对自己的感情生活进行一番审视。

美丽的爱情是相濡以沫。异国他乡，为生存而奔波的灵魂，不经意地相遇，孤独的心再强大也需要依靠。兢兢业业做自己并不擅长的事情，含辛茹苦，没有抱怨，安之若素。

美丽的爱情是相互欣赏。瞬间即是永恒，牵手就是一生。起点是互不嫌弃，过程是从对方身上皆能获得极大地满足，终点是失去了依然如影随形，难舍难弃，回味有甘。

美丽的爱情是淡定包容。互联网时代可以做到远在天涯，近在咫尺，可以漫天撒网，重点捞鱼。而那个时代，遇上了就是遇到了，错过了就是错过了。清静孤寂，远离红尘，默契自然，单调平常，殊非容易。人生并不复杂，灵魂在此修炼，诠释着岁月静好。

美丽的爱情是彼此成全。虽然这并不是各自的真实心思，却在想奉上自己，让对方满意。明明内心已极其厌恶眼前，但是只要一方还没放弃，就只能放在心里。当命运注定只剩下一个人孤单前行的时候，也要尽量实现她生前的微小愿望。

美丽的爱情注定凄婉伤感。云被吹散，早有伏笔。留下那一半，从此步履踉跄。爱犬的失去已是无奈难禁，病床上的留恋和告白，更是令人唏嘘不已。生命脆弱，人世无常。失去了，就不会再来，如同那飘洒的骨灰。

美丽的爱情是赏心悦目。白雪皑皑的远山，芳草碧色的草原，孤单独立的古树，每一幅画面都是那么精美。音乐千回百转，如泣如诉。演员深入地展示了男女主角的内心世界，更是艺术地再现了楚楚动人的故事。

微信朋友圈的很多想法只能是点到为止。当下有很多撒狗粮、博眼球的爱恨情仇，蹭热度、泛酸水的风花雪月，何足道哉！适逢周末，不如带上你的她或者他，暂避喧嚣，聆听初心的召唤，体会岁月的沧桑，在这个寒冷的冬天令周身温暖，时光缓行。

2019 年 12 月 26 日，作于于贵阳山临境

党的孩子国家娃

　　很少看电视剧的我，终于把《国家孩子》这部四十集的连续剧追完了。我看得十分仔细，十分投入，连家人都感到惊讶——这在以前是从未有过的。它以特殊时期几千名上海孤儿送到内蒙古牧区收养的真实事件为背景，展示了感天动地、荡气回肠的亲情乡情友情爱情故事，令人心潮起伏，激动澎湃。

　　它是一部记叙内蒙古草原发展变化的壮丽史诗。该剧跨度六十年，从大势着眼，细节入手，展现了草原社会历史的巨大变化，洞察了草原的兴衰及发展走向，讴歌了内蒙古的风流人物。

　　它是一部诠释乡愁情感的悠悠牧歌。故事从人物幼年离开上海故乡开始，到老年回上海寻亲结束，告诉世人，流浪的心永远恓惶，此心安处即故乡。

　　它是一部与共和国同命相怜的小人物们的沧桑记录。岁月不居，人生短暂，每个人的命运都与时代相连。他们的经历与大众极其相通，不粉饰，接地气，能让人物我两忘，身溺其中。

　　它是一部揭示人性真善美假恶丑的时代镜像。母爱似草原深厚广阔，纯洁无私，倾尽三生难以报答；父爱似长风嘶叫，雄浑绵长，陶铸性格而受用终生。初恋的美好如甘如饴，友情的旨趣如痴如醉；家庭的温情如润如酥，人生的追求如泣如诉。无私终有回报，投机难有善应。

　　它是一部体现优秀演员施展才华的魔幻舞台。该剧年代跨度极大，性情各有所归。演员都不是一线大牌，但是我深信他们是当下中国最会演戏的艺术家，也是当下中国演艺事业中最勤奋最值得称道的劳动者。前十集小演员的表演，本色天真，夜动霜林惊落叶，晓闻天籁发清机。

　　它是一部精美绝伦的草原风光画卷。奔驰的骏马，滚动的羊群，悠悠长天，五色草原，听寒风凛冽，看群星闪烁，马头琴低回宛转，羊肉汤芬芳四溢，令人心驰神往。幸甚至哉！人生百味，此剧满上。

乙亥十月，记于贵阳观山湖山临境

龙栖湾南头游记

龙栖湾海岸南头，当地民众称它为南头湾。

三亚的海湾很多，高大上的不少，但是个人觉得没有一个比得上它。以亚龙湾时尚炫目，海棠湾高贵神秘，三亚湾红尘滚滚，南头湾的观赏性却是毫不逊色的。

海滩往往是游客最集中的地方。南头湾具备了海滩观光的全部要素，岸宽，滩平，沙细，水净。举目无极，岸线错落，礁石温润。最大的看点是看浪涌。海面一望无际，不时有白练兴起，似奔鹿、似脱兔在海面上欢腾跳跃，亦如一身素纱的碧浪仙子凌波移步。这有生命的白色精灵，时隐时现，银光闪闪。礁石参差的岸边，平常天也有惊涛拍岸、浪卷风云的震撼。涨潮时，则嘶吼咆哮，气势磅礴，汹涌澎湃。若有风雨，更是一波未平，一波又起，千古波涛，尽显洪荒之力。

海滩要留住人必须好玩。南头湾清静，原始，冷僻，躲在小渔村山岗后面。游客少，污染几乎没有。缺少人间烟火，就是如意仙境。换上泳衣，跃升入海，拥波搂浪，一时宠辱皆忘，兴致释放。虽不可远游，但弄潮一把，任浪推揉，或可找到些许征服海洋的感觉。宽阔平坦的滩头，水波轻柔，静如处子。拾贝壳，挖螃蟹，做沙雕，自在从容。小朋友的嬉戏，往往是最迷人的身影，是最动听的乐章。村民自建的沙滩排球场，标准很高，且收费低廉。一片遮天蔽日的松林，浪漫幽深，间或有情侣出没。林间有餐饮瓜果服务，出租桌椅、帐篷、吊床。一书在手，仰卧林间，风鸣松唱，岁月静好。

南头湾的周边开发得如火如荼。万人小区（就是我们居住的山海韵·龙栖湾）近在咫尺，候鸟巢穴，鱼龙混杂；崖洲湾举目可见，楼盘栉比，山海相连。东锣、西鼓两个小岛，玲珑剔透，灯塔高矗，护卫吉祥；全岛最大的渔港，舟楫如梭，商贾云集，激活市场。日出东方，浩渺南洋，水连三沙，壮美海疆；夕阳入海，清风明月，隐隐灯火，渔歌晚唱。国际游艇俱乐部项目正在兴建，填海商贸城也端倪初现。如此热闹，南头湾依然似养在深闺，深藏不露，安之若素，就愈发显得其不染的珍贵、不群的高洁。呜呼！不待云飞浪卷，早已遐思无限！人非草木，到一处，居一隅，须动念顾盼，有感而发，方不负天地的滋养，生命的恩情，信乎？

2016 年 2 月 5 日，作于山海韵龙栖湾末楼

雨暖云香日正迟

我与周笃文老师的诗词情缘

至今我都不认为自己是个善写诗的人。长期的军旅生涯和行政事务，敬畏小心，诗兴何存？偶尔涂鸦，既无章法，遑论意境。苦恼无奈之际，笃老引我入门，指点迷津，循循善诱，肯定鼓励，殷殷期许，使我在学习创作的过程中信心倍增，有些许进步，实在是三生有幸。

我与笃老相识于一个偶然的聚会。2020 年 12 月 17 日，朋友邀我和几位文化名人共进晚餐。我掐着点赶到，结果候客间已是高朋满座。一位披一条大红围巾、笑容可掬、精神矍铄、气宇不凡的老先生，极其谦和儒雅，向我这位后来者点头示意。我小心地问这位老师是谁，答曰：周笃文。我顿时觉得雷鸣在耳，便凑上前去向周老师问好，攀谈起来。

笃老字晓川，是当今仍活跃在诗苑词林的诗词大家。中国新闻学院教授，中外文化研究所所长，已从事古典文学及文献学教学与研究五十年。笃老早年曾师从词学名家夏承焘、张伯驹诸先生，于宋词研究、敦煌文献及医学古籍、文字生训诂之学有专门研究；系中国韵文学会、中华诗词学会创始人之一。他曾主编《全宋词评注》《中外文化辞典》，已发表诗词近千首，多次获得论文与创作大奖。主要著作有《宋词》《宋百家词选》《金元明清词》，等等，在古典诗词学界享有盛誉。

作为一个诗词爱好者，我自然诚心向笃老求教一些诗词方面的问题。没任何准备，想到哪是哪，东一榔头，西一棒槌的。笃老十分耐心地一一作答。就餐时，我被安排在笃老一侧恭陪。吃的什么已无记忆，但与笃老交流的片段，则铭记心头。随后，我斗胆把自己胡写乱画的几首作品和初次见面的感想发给笃老，很快收到回应。

附：

七律·幸会大师

弱龄学艺误当时，花甲攻书始拜师。

血性从戎忙起早，清流习政只忧迟。

文章满纸非骚客，韶岁虚空少曲词。

今有明灯陪长夜，春风唤雨润枯枝。

2021 年 12 月 18 日

七律（新韵）·拜访周笃文老师

漫步书林无所欲，初潜诗海远舟楫。

盲人瞎马奔波久，画虎成猫手艺低。

陪坐如承春日暖，聆听排解腹中饥。

人生甲子方学艺，胜过飞鸿踏雪泥。

2020 年 12 月 27 日

没想到，竟很快收到笃老的回信。笃老还为此作了两首诗。

176

读石君诗有感

周笃文

（一）

萍水相逢感胜缘，

凉风细雨奈何天。

要当把盏云山畔，

畅话诗书喜笑连。

（二）

捧卷深惭老眊荒，

百年世事感沧桑。

何期幸遇梁园士，

顿觉潜鳞跃大江。

这下令我兴奋莫名。我当时连平仄都没掌握好，也不知道还有可以检测平仄格律的软件。得到笃老鼓励，我的胆子也大了起来，一发不可收，连续发一些极不成熟的作品给笃老。笃老极其耐心，每一首都认真读，并有批注。如"诗情澎湃，唯平仄未能合律，稍加锤炼则美矣""一气呵成，痛快淋漓之作。黔中行平仄有误，可斟酌""重字宜仄，迎风徐行四平声，略拗，宜再酌""笔势峻爽可喜！抖练偏生贵人可酌！灵狐句应加注"等等。

　　当然，我收到的更多的是笃老的肯定鼓励。如"格高境远，不愧佳作！文白""自嘲高手，不乏妙句！老来三句，令人为之破涕！文白""慨当以慷，高士情怀可佩""生机勃勃开生面，流水高山养素心""安贫乐道，后几句好"，也有修改意见，如"有气象！正字当平。改头如何？格套改一格。抒字宜仄改写或表。槁凋欠稳，改意自凋""佳作，激赏，时代元音！唯画字治字当平。可再酌否""有诗意有境界！间有病句，雪域累汗马，五字皆仄，惯事局六字皆仄等，宜加改进""大作拜读，欣感吾道不孤！吃货改食客如何！文启""笔势峻爽可喜！抖练偏生贵人可酌！灵狐句应加注。笃文贡谬""佳作，浮一大白"等等。这些对我的帮助是巨大的，所以，在随后的创作中，我对平仄格律再也不敢马虎。熟悉我的一位朋友说，你原来格律不够严谨，周老师把你的"任督二脉"打通了！

　　笃老桃李满天下。现在活跃在中国诗词界的大腕级人物，大多是他的学生。现任中国诗词学会会长周文彰出版诗集，还专门请笃老作序。笃老于我，循循善诱，诲人不倦，自有章法。针对我在格律方面要求不严的问题，言传身授，不厌其烦。一日他手书一笺，指出我存在的问题。中肯地劝我先不必填词，要填须遵守词牌格律，"平仄是诗词铁门坎，绝对不能马虎"，并推荐我读《唐宋词格律（龙榆生著）》。周老先后将其近年出版的著作《三贤集》《翰墨留青》《古诗词之美》馈赠于我。令我十分感动的是，周老看到我的一点点进步后，把他多年的心血之作，也是他手头上的孤本《周笃文诗词论文丛集》郑重赠予我，嘱咐好好研读。这些书我长期放在案头最顺手的地方，只要静下来，我会认真读上几页，如饮甘露。

笃老多次约我茶叙。笃老家住云山，风光如画，环境优美，雅室时常高朋满座，笑语盈盈。笃老满面春风，经常饶有兴致地给我们讲述一些诗坛掌故和研学心得，对我们的创作反复强调要学古而不拘泥，守正更须创新，要贴近生活，反映时代。兴之所起，笃老时常会拿起我们的作品高声吟诵。笃老是中国吟诵学会的创始人，他认为好的诗词必须通过吟诵而查其美。他的吟诵抑扬顿挫，韵味悠长，带有厚重的湘方言味道。我父辈是湖南人，所以听起来感到无比亲切，陶然沉迷，忘乎所以。

笃老已是耄耋之年，去年度过米寿，但心宽体健，神清气爽，思维敏捷，笔耕不辍，时有佳作，去年尚有《古诗词之美》这一极具学术水平和观赏价值的著作问世。我有幸参加去年笃老在贵阳举办的出版发行座谈会。笃老神采飞扬，即兴赋诗。在现在这个网络微信时代，笃老往往一作既出，即引起四海唱和，八方呼应。我时常叨陪末座，也随声附和，从中受益匪浅。

忆邓公步周先生韵

漂洋过海壮时艰，书剑双成破溃然。

三起三衰悟妙谛，百坚百克驶征船。

承前启后情忠耿，继往开来意奋拳。

春暖纾忧生特色，光华伟业策谋全。

孝军　2021 年 5 月 10 日

去年春天，笃老在龙华寺赏樱，兴奋挥毫泼墨，一时天下弟子纷唱和，蔚为壮观。

喜见樱花连片开，
春光浩浩送香来。
高堂钟磬如天乐，
洗尽凡心向佛台。

汨罗周笃文漫成

寒冬未尽早樱开，
风度翩翩暖意来。
庆岁过年天地乐，
领催春色上琼台。

贵阳　石孝军

笃文再贺

朵朵天花自在开，
入云高唱九霄来。
人间喜乐真无尽，
携手双双礼佛台。

2021 年 4 月 24 日

2021 年，记述笃老与张伯驹先生交往，上下奔波，穿针引线，恢复组建中华词诗词、韵文协会往事的《翰墨留青》出版，笃老夫人刘义夜读《张伯驹致周笃文书函谈艺录》，赋清平乐一首。

清平乐·夜读《张伯驹致周笃文书函谈艺录》篇有感

尘封往事，何限师生谊。一纸素笺寥数字，力透纸背承继。

无声流月清辉，丛公音影依稀。试问千金散尽，谁能物我同归？

竹本辛丑春日作

（石孝军次韵）

词坛佳事，当代忘年谊。泥爪雪鸿寥落字，一脉传承相继。

万物皆有光辉，高处自古人稀。择善余心无悔，岂忧谁与吾归。

2021 年 4 月 24 日

（隆冬时节，瑞雪纷飞。拜访笃老，刘义又一次赋词）

点绛唇·筑城初雪（阿义）

新雪飘飘，随风狂舞云山处。白花千树，遮了来时路。

淡淡茶香，灯火明如故。心凝伫，世尘何所，但听沙沙雨。

181

点绛唇·次阿义诗韵

冬雪初飘，寒风竞舞人来处。银花千树，铺出行吟路。

茶人把盏，诗兴浓如故。君知否，妙思腾涌，佳句来如雨。

（汨罗周笃文漫成）

随后我也按捺不住：

点绛唇·云山拜笃老次阿义韵

瑞雪纷飘，乘风漫舞长天处。芳园嘉树，排列云山路。

煮酒烹茶，宾客无新故。倾情谱。升高能赋，相悦江南雨。

2021 年 12 月 27 日，作于贵阳山临境

岁末，与友人拜望周笃文老师并喜获墨宝！

笃老赠诗

孝悌高门古亦稀，

君家清誉满城畿。

诗情古韵从头数，

百子千家欲比齐。

孝君贤友正之

汨罗周笃文漫书

2021 年 12 月 23 于贵阳保利云山

我本名孝君，在部队提干时，"君"成了"军"。但笃老一直以孝君称我，使我感到无比温馨。我随即奉诗感谢。

高柳垂阴领物华，

云山深处似还家。

清辉紫气红尘里，

枯木逢春一树花。

2021 年 12 月 24 日

笃老与诗词大家刘征和诗词大家、书法大家沈鹏是好友。2019 年，三位中国诗词的扛鼎人物在鲐背之年联袂出版《三贤集》，成为中国诗词界的，一段佳话。2021 年岁末，沈老手书一诗寄于笃老：

赠晓川兄

影珠未隐居，相伴万卷书。

遗世不独立，念君有三馀。

——沈鹏，2021 年 12 月 10 日

笃老随即奉和：

鹏老世外居，心怀万卷书。

出手惊天下，清风乐有余。

——晓川恭和

黄君是笃老学生，也是著名的作家、诗人，书法家，他把这段故事发在今日头条，并步和二老：

步和介居、晓川二老

怡然岁月居，洛上有图书。

诗赋三皇外，欢欣自有余。

后学黄君顿首拜上

我受到感动，前辈的感情是真挚、深厚的，也是值得我们学习的。

步和介居、晓川二老

二老买山居,和酬传锦书。

天香倾国色,岁晚得宽余。

——孝军敬呈,2021 年 12 月 29 日

辛丑岁末,笃老邀我到清镇巢凤寺一道过腊八节。围炉品茶,素餐斋饭;谈古论今,修心问禅。自觉物我两忘,心旷神怡,遂即兴创作,受到笃老肯定。

筑巢引客彩云徊,

红火煎茶香满腮。

白首问禅人未老,

心头莲蕊向阳开。

2022 年 1 月 10 日

我只一个业余的诗词爱好者,白首童心,秋行春令。初通格律,只是学习诗词的入门功夫。好的诗词,既是人为,也是天授。澎湃的诗情、生活的经验、人生的感悟、世相的观察都是诗词的催生婆。但美妙的意境、丰富的知识、熟练的技巧和创新的能力,才是写出好诗词的必要条件。一颗永远求知上进的心,能让你的灵魂走得更远。前途无止境,永远在路上。我衷心祝愿笃老健康长寿,长久地陪伴我们,以他的智慧和学识,让新时期的诗坛词苑更加丰富多彩。我将倍加珍惜与笃老

的师生缘分，砥砺前行，不负时代，不负笃老的期待和恩惠。诗曰：

东隅已逝紫霞开，又见缪斯舞僵徊。

黄土渐掩魂魄在，明灯高举亮光来。

书山跋涉无禁忌，文海规容有剪裁。

暮色苍茫吟律赋，天缘助我长诗才。

2022 年 4 月 2 日，作于贵阳南厂

后 记

《冲情云上》已修订完成，这是继《壮思风飞》之后九州出版社推出我的第二本诗集，是我在诗歌创作中的阶段性成果。

本集写作历经一年多的时间。而这一年多，正好是新冠疫情在我国相对缓和而后又开始反弹的一个时期。从题材内容上讲，诗集中有与故友亲人疫后重逢的喜悦和对故乡的热爱，有对革命老区的歌唱和对老一辈无产阶级革命家的深切缅怀，有游览祖国壮美河山的所见所闻和赞美，有对时事热点的关注感怀和对卫国戍边官兵的歌颂，有对贵州这片土地的深深眷恋和全面脱贫后的喜悦，有对历史的感悟和学诗的心路历程。从涉及地域来看，东西南北中，济南、烟台、古田、厦门、海南、深圳、珠海、武汉、长沙、帕米尔高原和呼伦贝尔大草原，当然更多的是在贵阳的观察和思考。这是我过去一年的足迹，也是我诗歌创作的活水。它记录了我的生活经历和思想感情，是我生活的赞美诗和心灵的安魂曲。

本集也是我在格律诗词创作上的雪泥鸿爪和学习作业。我学写格律诗词时间不长，幸有良师指教，益友帮助。自己秉从内心，追求上进，野草向阳。周笃文老师对我的影响鼓励，悉心规正，令我受益终生。贵州省诗歌学会同仁们热情提携，我没齿不忘。一个执拗的灵魂能走多远？一个被世俗功名耽误了的人生能否再谱华章？《冲情云上》也许能给出部分答案。年过花甲，在学习的道路上，我仍是一步一个脚印地前行。收获与付出相当，甘苦与喜悦共存。

诗歌不分家。本集第三部分是以歌词为主的新诗散文专辑。部分歌曲已经上线，各大音乐网络平台均可搜索，其中有一首被中宣部学习强国平台推广，在朋友圈反响还不错，相信以后会有更多的读者喜欢。从这一部分中读者可以体会我的创作心态和歌词的意境，随着几位优秀作曲家谱写的旋律，一起放声歌唱。

南齐谢朓《七夕赋》有"壮思风飞，冲情云上"名句。王阳明在贵州龙场手书"壮思风飞，冲情云上；和光春霭，爽气秋高"名联，本人恭录作为书名，体现自己的诗词创作接通千年文脉的愿望。在写作过程中，我尽量表现民族的气派与审美心理，把诗词创作的美学框架建筑在纵向的历史感、横向的地域感与交叉的现实感之上。但目标崇高，力所不逮，况且学无止境，艺无止境，我刚起步，永远在路上。

感谢当代诗词大家周笃文教授倾情作序推介，感谢贵州省书法家协会名誉主席黑卫平先生书名题字，感谢徐强教授、雷智贵教授的溢美评价，感谢我的妻子谢丽辉对我在创作中的鼓励和生活上的体贴，感谢经常在朋友圈为我点赞加油的战友、同事和亲朋好友，是你们鼓舞了我，让我超越自己，再造人生！

石孝军

2022 年 4 月 25 日，作于贵阳